CARTAS
CHILENAS

TOMÁS ANTÔNIO GONZAGA

CARTAS CHILENAS

Introdução, cronologia, notas e estabelecimento de texto
Joaci Pereira Furtado

6ª reimpressão

Grafia atualizada segundo o Acordo Ortográfico da Língua Portuguesa de 1990, que entrou em vigor no Brasil em 2009.

Capa
Jeff Fisher

Revisão técnica
Ricardo Jensen de Oliveira

Preparação
Marcos Luiz Fernandes

Revisão
Renato Potenza Rodrigues
Vivian Miwa Matsushita

Atualização ortográfica
Verba Editorial

Dados Internacionais de Catalogação na Publicação (CIP)
(Câmara Brasileira do Livro, SP, Brasil)

Gonzaga, Tomás Antônio, 1744-1810.
Cartas chilenas / Tomás Antônio Gonzaga ; introdução, cronologia, notas e estabelecimento de texto Joaci Pereira Furtado. — São Paulo : Companhia das Letras, 2006.

ISBN 978-85-359-0882-4

1. Poesia brasileira I. Furtado, Joaci Pereira. II. Título

06-5171 CDD-869.91

Índice para catálogo sistemático:
1. Poesia : Literatura brasileira 869.91

2019

EDITORA SCHWARCZ S.A.
Rua Bandeira Paulista, 702, cj. 32
04532-002 — São Paulo — SP
Telefone: (11) 3707-3500
www.companhiadasletras.com.br
www.blogdacompanhia.com.br

SUMÁRIO

AGRADECIMENTOS

Tenho uma dívida — dessas que não há como pagar — com os professores Antonio Candido e Laura de Mello e Souza, que confiaram em meu trabalho e me honraram com a presente tarefa.

Agradeço a João Adolfo Hansen, que generosamente me concedeu o privilégio de sua leitura implacável.

Devo a Ronald Polito correções e comentários muito férteis.

Naturalmente, sou o único responsável pelos erros naquilo que me coube neste livro.

J. P. F.

INTRODUÇÃO

As *Cartas chilenas* são um poema satírico composto em versos decassílabos brancos (que totalizam 4268, incluindo-se a "Epístola a Critilo") agrupados em "cartas" que Critilo, escrevendo de Santiago do Chile, remete a Doroteu, na Espanha, criticando o governo de Fanfarrão Minésio. Nas versões mais completas, o texto da sátira propriamente é antecedido pela "Epístola a Critilo", pela "Dedicatória aos grandes de Portugal" e pelo "Prólogo".

Não há dúvida de que o poema está repleto de referências à administração de d. Luís da Cunha Meneses, governador da capitania de Minas Gerais de 1783 a 1788. É o caso da construção da Casa de Câmara e Cadeia de Vila Rica, hoje Museu da Inconfidência de Ouro Preto (MG), que aparece metaforicamente nas "cartas" 3ª e 4ª. Os festejos narrados nas "cartas" 5ª e 6ª guardam parentesco histórico com as comemorações do casamento do príncipe português d. João (futuro rei d. João VI) com a princesa espanhola d. Carlota Joaquina, realizadas na então capital mineira em maio de 1786. Os excessos de Minésio na administração das tropas militares, assunto da "Carta 9ª", apresentam inegáveis semelhanças com os abusos de Cunha Meneses na criação de regimentos auxiliares, repreendida pouco depois por Lisboa.[1] Há também um correspondente satírico do santuário de Congonhas ("Carta 4ª") e, provavelmente, da ponte da rua São José, em Vila Rica ("Carta 11ª") — além de inúmeros nomes e criptônimos que podem levar a certos personagens históricos.

Mas nas *Cartas chilenas* os fatos não estão simplesmente refle-

[1] Ver a "Instrução para o visconde de Barbacena, Luís Antônio Furtado de Mendonça, governador e capitão-general da capitania de Minas Gerais (1788)". *Anuário do Museu da Inconfidência*, Ouro Preto, 2: 148-54, 1953.

tidos ou retratados. Na verdade, o poeta utilizou-se de alguns acontecimentos e outros sinais visíveis naquele período apenas como ponto de partida para aplicar uma série de convenções retóricas, previstas nas normas literárias do arcadismo. No século XVIII, o modelo de personagens como Fanfarrão, por exemplo, ainda é buscado na sátira de Juvenal.[2] De modo que é no mínimo anacrônico pensar que a figura do governador, descrita nos famosos versos 74 a 109 da "Carta 1ª"— "Tem pesado semblante, a cor é baça" [...] "Ou pôr nas abas do chapéu os dedos"—, reproduz a imagem de alguém tal qual uma fotografia ou os documentos oficiais. O mesmo é válido para os demais personagens e situações narrados por Critilo, que vão compondo não o retrato de uma época mas as convenções pelas quais esta enxergava a si mesma.[3]

Por isso o problema da autoria das anônimas *Cartas chilenas*, hoje reconhecidas como obra de Tomás Antônio Gonzaga, dificilmente pode ser resolvido pela mera associação entre os versos de Critilo e os dados biográficos de seu provável autor. "Autoria", naquela época, não tinha esse significado de "expressão de uma subjetividade", tal como ela é compreendida hoje. A poesia era então um produto impessoal, fruto da aplicação de regras retóricas amplamente difundidas e acatadas com rigor. Em tese, qualquer poeta poderia ter escrito a sátira. Cláudio Manuel da Costa ou Alvarenga Peixoto seriam, portanto, candidatos muito fortes.

O que torna irresistível a hipótese de Gonzaga como o Critilo das *Cartas chilenas* são certos detalhes estilísticos, exaustivamente levantados por vários estudiosos de sua obra.[4] O aspecto

[2] João Adolfo Hansen, *A sátira e o engenho; Gregório de Matos e a Bahia do século XVII*. São Paulo, Companhia das Letras, 1989. pp. 15-7, 23-45, 57-69, 172-5, 226-34, 248-56.

[3] Como diria Hansen, "Pode-se falar em 'crônica', evidentemente, descartando-se o realismo explícito do termo, significando-se as convenções de ver e de dizer de um tempo". *Ibidem*, p. 33.

[4] Ver, a respeito, o livro clássico de Manuel Rodrigues Lapa, *As "Cartas chilenas"; um problema histórico e filológico*. Rio de Janeiro, Instituto Nacional do Livro, 1958.

ideológico, talvez ainda nem tão estudado, também leva a perceber que a sátira é coerente com valores e ideias contidas em *Marília de Dirceu* e no *Tratado de direito natural*.[5]

Não é apenas a autoria, porém, que padece de incertezas. Acredita-se que o poema compunha-se de outras "cartas", além das treze conhecidas atualmente. Mesmo entre estas, pelo menos duas (a sétima e a 13ª) estão incompletas, sendo a 13ª um fragmento com apenas 29 versos.

A sequência de algumas "cartas", e mesmo de certos versos no interior delas, também é discutível, o que faz supor algum grau de arbitrariedade no arranjo do poema herói-cômico, quando de sua publicação. Aliás, foi Saturnino da Veiga quem decidiu que a antiga "Carta 7ª" seria a oitava dos manuscritos mais extensos.[6] Mas há outros problemas de edótica, mais sutis, como o caso dos intervalos entre os segmentos, que nem mesmo a edição crítica de Manuel Rodrigues Lapa estabelece com clareza.

As edições do panfleto foram baseadas em manuscritos apógrafos, dos quais quatro estão em poder do Instituto Histórico e Geográfico Brasileiro — mas somente um deles possui as treze "cartas" hoje conhecidas. Os outros três manuscritos revelam diferenças no número e na sequência das missivas satíricas, sugerindo a possibilidade de uma versão original com sete "cartas", segundo o filólogo Rodrigues Lapa. Um quinto manuscrito foi encontrado na Biblioteca Pública de Belém (PA) por Vital Pacífico Passos, porém seu conteúdo é idêntico ao do códice 2076 do IHGB, composto das sete primeiras "cartas", sendo que a sétima é a oitava das edições mais recentes. Além disso, erros de grafia e variantes de versos, previsíveis em se tratando de manuscritos fei-

[5] Ver, a respeito, Ronald Polito, *A persistência das ideias e das formas; um estudo sobre a obra de Tomás Antônio Gonzaga*. (Dissertação de mestrado apresentada ao Departamento de História da Universidade Federal Fluminense.) Niterói, mimeo., 1990.

[6] Tarquínio José Barbosa de Oliveira, *As "Cartas chilenas"; fontes textuais*. São Paulo, Referência, 1972. pp. 20, 32. Ver também M. R. Lapa, *op. cit.*, pp. 107-27.

tos inclusive por copistas pouco familiarizados com a gramática, tornam os quatro apógrafos do Instituto diferentes entre si. O manuscrito mais completo e confiável, ainda segundo Lapa, é justamente o que parece ter sido produzido já nos primeiros anos do século XIX, contendo "um texto melhorado estilisticamente, embora não seja talvez o texto que Gonzaga chegou a reformar".[7] Mesmo assim, o estabelecimento de alguns versos permaneceu polêmico pelo menos até a edição crítica de 1957, que o próprio Lapa reconhece estar sujeita a correções.

Em face dos desencontros entre os originais, as sucessivas edições das *Cartas chilenas* não poderiam ser menos polêmicas. A começar pelo título, pois um dos apógrafos intitula-se *Cartas chillianas*. Em 1826, o *Jornal Scientifico, Economico e Litterario* publica a "Epístola a Critilo", antecedendo o canto terceiro (e não os três primeiros cantos, como frequentemente se diz) do poema *Vila Rica*, assinada com as iniciais "C. M. da C.", numa clara associação entre o nome de Cláudio Manuel da Costa e essa parte da sátira, hipótese consensualmente aceita mais tarde. Mas o periódico não revela onde obteve o original, deixando de publicar o restante da obra, embora seus redatores planejassem imprimi-la integralmente.

Atribuindo a autoria da sátira a Gonzaga, outra edição surgirá dezenove anos depois, em 1845, dessa vez na *Minerva Brasiliense*, naquela versão de sete "cartas" em que a última é a sétima das edições mais completas. Foi organizada por Santiago Nunes Ribeiro a partir dos apógrafos pertencentes a Francisco das Chagas Ribeiro, que desapareceram com a morte deste. Um período de dezoito anos separa a edição anterior da de 1863, promovida em forma de livro por Luís Saturnino da Veiga e publicada pela editora Eduardo & Henrique Laemmert. Baseada num manuscrito recolhido por Francisco Luís Saturnino da Veiga, que teria vivido em Vila Rica nos anos em que o pasquim apareceu, essa edição publica finalmente as treze "cartas"

[7] M. R. Lapa, *op. cit.*, pp. 107-8, 110-23.

conhecidas — embora com correções desnecessárias, no entender de Lapa.[8]

De qualquer forma, a edição Laemmert permanecerá como a versão mais atualizada até 1940, quando Afonso Arinos de Melo Franco realiza a primeira edição crítica e oficial das *Cartas chilenas*, através da Imprensa Nacional, utilizando-se dos mesmos manuscritos da publicação precedente — mas abusando de alterações equivocadas, como ressalta Rodrigues Lapa.[9] Este, que dedicou boa parte de sua vida ao estudo da obra gonzaguiana, publicará a terceira edição completa da sátira em 1942, juntamente com outras obras de Gonzaga, pela Companhia Editora Nacional.

Em 1944, ilustrada por J. Wasth Rodrigues mas sem qualquer gênero de comentário, sai a edição da Livraria Martins Editora, e, em 1957, incluída nas obras completas de Tomás Antônio Gonzaga publicadas pelo Instituto Nacional do Livro, surge a edição prefaciada e anotada por Rodrigues Lapa — ainda hoje considerada uma das melhores versões do texto, sobretudo por corrigir definitivamente alguns erros de transcrição e esclarecer alusões a personagens e fatos históricos. No ano seguinte, esse autor publicará seu alentado trabalho, já clássico, que busca demonstrar a identidade de Gonzaga sob os versos de Critilo.

A edição de 1957, porém, não resolve problemas relativamente simples, como o significado de várias palavras (gírias da época, muitas delas), certas referências à mitologia greco-romana e à literatura e história contemporâneas da sátira. Isso sem contar a já mencionada imprecisão nos intervalos dos segmentos, além de erros na numeração das notas e irregularidades ortográficas e de pontuação, perdidas entre o original e o contemporâneo da edição. O trabalho de Tarquínio de Oliveira, publicado em 1972, é o único que transcreve os apógrafos, efetuando uma série de

[8] M. R. Lapa, *op. cit.*, pp. 12, 115. T. J. B. de Oliveira, *op. cit.*, pp. 24-5, 27, 32.
[9] M. R. Lapa, *op. cit.*, pp. 116-7.

comparações entre eles e permitindo ao leitor melhor visualização do estabelecimento do texto.[10]

A presente edição utilizou-se das transcrições realizadas por Tarquínio de Oliveira, cotejadas com a edição Lapa de 1957. Não tem, portanto, qualquer caráter crítico, apresentando-se apenas como hipótese a ser comprovada por um meticuloso e necessário estudo das fontes manuscritas — tratadas com um rigor precário pela edição Tarquínio de Oliveira. Procurou-se recuperar as maiúsculas — que emprestam significados especiais a certas palavras — e a pontuação original da época, atualizando-se apenas a grafia das palavras — embora, em alguns casos, tenha-se optado por formas hoje não usuais ou gramaticalmente incorretas. A mudança mais visível, porém, é certamente a inversão da ordem das "cartas" 7ª (oitava, nas demais edições completas) e 8ª (sétima), mais lógica na sequência narrativa da sátira, segundo a hipótese muito plausível sugerida por Tarquínio de Oliveira.

[10] Uma transcrição integral das *Cartas chilenas*, embora estas não sejam o assunto principal do livro, pode ser encontrada em Isolde Helena Brans Venturelli, *Profetas ou conjurados?* s. l., ed. da autora, 1982. pp. 91-202.

Cronologia de
TOMÁS ANTÔNIO GONZAGA

1744 Nasce, em 11 de agosto, na rua dos Cobertos, na cidade do Porto (Portugal), sendo o último de uma família de sete irmãos. Seu pai, João Bernardo Gonzaga, era um magistrado natural do Rio de Janeiro. Sua mãe, Tomásia Isabel Clarque, era portuense.

1745 Em 2 de maio falece Tomásia Isabel. Gonzaga é entregue aos cuidados de seus tios.

1747 João Bernardo é nomeado juiz de fora de Tondela, partindo em 5 de agosto.

1750 Em 14 de novembro João Bernardo encerra suas atividades em Tondela. Em 20 de novembro é nomeado ouvidor geral da capitania de Pernambuco, na América portuguesa, para onde leva o filho.

1752 João Bernardo toma posse do novo cargo em Recife no dia 11 de março. Gonzaga segue para a Bahia, onde continuaria os estudos no colégio dos jesuítas.

1759 João Bernardo chega à Bahia em 18 de fevereiro, assumindo o posto de intendente-geral do ouro. Em fins de dezembro, em decorrência da expulsão dos jesuítas decretada pelo marquês de Pombal, Gonzaga encerra oficialmente seus estudos no colégio. É possível, entretanto, que tenha continuado com eles no ano seguinte, em casa particular, sob a orientação do ex-jesuíta padre Manuel Maciel.

1761 Gonzaga regressa a Portugal para ingressar na Universidade de Coimbra.

1762 Em 1º de outubro matricula-se em Coimbra, na Faculdade de Leis.

1764 João Bernardo retorna a Portugal, onde assume o cargo de desembargador da Relação do Porto.

1768 Em 7 de fevereiro Gonzaga cola grau de bacharel em leis. Transfere-se para o Porto, onde exerce a advocacia.

1773 Com a conclusão, em 1772, da reforma pedagógica e curricular da universidade, implantada por Pombal, Gonzaga candidata-se ao magistério em Coimbra, possivelmente à cátedra de direito pátrio, para o que escreve seu *Tratado de direito natural*, copiado por seu pai e dedicado ao poderoso ministro de d. José I. O trabalho, porém, provavelmente nunca foi apresentado, pois não estava redigido em latim — língua na qual eram lidas as teses e ministradas as aulas.

1777 Datado de 24 de fevereiro, dia em que a rainha foi aclamada, Gonzaga escreve o poema "Congratulação com o povo português na feliz aclamação da muito alta e muito poderosa soberana d. Maria I, nossa senhora".

1778 Residindo em Lisboa, Gonzaga habilita-se para a carreira de magistrado. O despacho de sua habilitação data de 18 de setembro. É nomeado juiz de fora de Beja para o triênio de 1º de janeiro de 1779 a 31 de dezembro de 1781. Uma provisão real de 13 de novembro designa João Bernardo desembargador da Casa da Suplicação, em Lisboa.

1781 Provavelmente no início desse ano, Gonzaga escreve dois sonetos celebrando o nascimento de Francisco Furtado de Mendonça, filho de Luís Antônio Furtado de Mendonça, visconde de Barbacena, ocorrido em 11 de dezembro de 1780. Barbacena era então secretário e um dos fundadores da Academia das Ciências de Lisboa.

1782 Em 27 de fevereiro Gonzaga é nomeado ouvidor geral de Vila Rica, sede da capitania de Minas Gerais, na América portuguesa. Em 4 de agosto, com dinheiro emprestado por Custódio José Ferreira, embarca para a colônia, chegando ao Rio de Janeiro no dia 10 de outubro. Toma posse do cargo na capital de Minas em 12 de dezembro.

1783 Escreve o ensaio *Carta sobre a usura*, destinado a Francisco Gregório Pires Monteiro Bandeira, intendente do ouro na Junta da Real Fazenda de Minas Gerais. No dia 10 de outubro Luís da Cunha Pacheco e Meneses assume o governo de Minas, substituindo d. Rodrigo José de Meneses. É provável que ainda nesse ano Gonzaga tenha conhecido Maria Doroteia Joaquina de Seixas, de quem enamorou-se, filha de Baltasar João Mayrink, capitão do Regimento de Cavalaria Regular.

1784 Surgem os primeiros sinais de atrito entre Cunha Meneses e Gonzaga. Em 8 de abril o ouvidor escreve à rainha queixando-se de arbitrariedades do governador. Em 3 de dezembro, na sessão da Junta da Real Fazenda em que se votava a concessão do contrato do imposto das entradas, Meneses impõe o capitão José Pereira Marques como vencedor da concorrência pública. Gonzaga e Pires Bandeira, contrários à decisão, recusam-se a assinar o termo de arrematação e a conta do contrato, fazendo registrar seus protestos.

1785 Em 5 de janeiro Cunha Meneses escreve a d. Maria I relatando a desavença e queixando-se do ouvidor e do intendente. Acusa-os de manobras que favoreceriam outro concorrente, o capitão Antônio Ferreira da Silva.

1786 Em agosto, por decretos reais, o visconde de Barbacena é designado governador de Minas Gerais e Gonzaga torna-se desembargador da Relação da Bahia.

1787 Nova queixa de Gonzaga à rainha contra Cunha Meneses, em carta datada de 21 de março.

1788 Barbacena toma posse em 11 de julho. Pedro José de Araújo Saldanha substitui Gonzaga no dia 7 de setembro. O agora ex-ouvidor requer imediatamente licença à rainha para se casar com Maria Doroteia. No dia 8 de outubro, em São José del Rei, na casa do padre Carlos Correia de Toledo e Melo, Gonzaga torna-se padrinho de batismo de João Damaceno, filho de Inácio José de Alvarenga Peixoto. Segundo denúncias posteriores, em 26 de dezembro Gonzaga participa de uma reunião conspiratória na casa do tenente-coronel Francisco de Paula Freire de Andrade. O encontro

— ao qual compareceram Alvarenga Peixoto, Toledo e Melo e o alferes Joaquim José da Silva Xavier (o Tiradentes), entre outros — fazia parte de uma conspiração separatista contra o governo português que mais tarde ficou conhecida como Inconfidência Mineira. No dia 27, na casa de Cláudio Manuel da Costa, Gonzaga presencia outra reunião de conjurados.

1789 Em 15 de março Joaquim Silvério dos Reis denuncia a conspirata ao governador e aponta Gonzaga como um de seus principais líderes. A denúncia permanece em segredo. No dia 24 Gonzaga visita o visconde de Barbacena em Cachoeira do Campo e cumprimenta-o pela suspensão da "derrama", anunciada no dia 14. Num jantar do qual participa, na casa de Cláudio, em 26 de março, a ideia do levante é comentada, mas Gonzaga declara que a ocasião se perdera com a suspensão da derrama. Em 20 de abril o ex-ouvidor de Vila Rica procura Barbacena para pedir-lhe licença para se casar no dia 30 de maio, já que a autorização da rainha ainda não havia chegado. O governador concorda. Com a prisão de Tiradentes, em 9 de maio, inicia-se o cerco aos inconfidentes. Gonzaga é detido em Vila Rica em 23 de maio e levado imediatamente para o Rio de Janeiro, deixando inacabada a sátira *Cartas chilenas*, encontrada mais tarde em manuscritos apógrafos. Chega à fortaleza da ilha das Cobras entre 5 e 6 de junho, aguardando o processo da devassa. Preso incomunicável, prossegue escrevendo as liras de *Marília de Dirceu*, cuja redação iniciou em Vila Rica em data ignorada.

1791 Em 25 de outubro encontra-se transferido para os cárceres do Hospital da Ordem Terceira de Santo Antônio, onde estavam presos outros nove inconfidentes.

1792 Em sentença de 20 de abril Gonzaga é condenado a dez anos de degredo em Moçambique, então capitania portuguesa na África. Parte no dia 23 de maio com outros réus da Inconfidência, chegando ao seu destino em fins de julho. O poeta hospeda-se na casa do ouvidor José da Costa Dias Barros, que se encontrava adoentado, passando a auxiliá-lo em suas tarefas até que viesse o substituto, Tavares de Sequeira, que assumiu em 30 de agosto. O novo ouvidor nomeia Gonzaga provedor dos defuntos e ausentes. Sai, em Lisboa, pela Tipografia Nunesiana, a primeira edição de *Marília de Dirceu* (parte I, com 33 liras).

1793 No dia 9 de maio Gonzaga casa-se com Juliana de Sousa Mascarenhas, com quem teve dois filhos: Ana e Alexandre Mascarenhas Gonzaga. Seu sogro, Alexandre Roberto Mascarenhas, era escrivão do Juízo da Provedoria-mor da Fazenda dos Defuntos Ausentes.

1797 Ano da morte de João Bernardo Gonzaga, em Lisboa.

1799 Segunda edição de *Marília de Dirceu*, pela Oficina Nunesiana, contendo as partes I e II (totalizando 65 liras).

1800 Terceira edição de *Marília de Dirceu*, pela Oficina Nunesiana.

1802 Ano em que Gonzaga pode ter iniciado a composição do poema épico marítimo *A Conceição*, inspirado no naufrágio do navio português *Marialva*, ocorrido em 2 de setembro, nas proximidades das costas de Moçambique. Quarta edição de *Marília de Dirceu*, pela Oficina Nunesiana, com mais cinco liras novas.

1803 Quinta edição de *Marília de Dirceu*, pela Oficina de Antônio Rodrigues Galhardo (Lisboa).

1804 Sexta edição de *Marília de Dirceu*, pela Tipografia Lacerdina (Lisboa).

1806 Em meados do ano Gonzaga é nomeado procurador da Coroa e Fazenda pelo governador Francisco de Paula de Amaral Cardoso.

1809 Em 2 de maio Gonzaga é designado juiz da Alfândega de Moçambique. Adoece, falecendo em dezembro do mesmo ano ou, mais provavelmente, durante a primeira quinzena de fevereiro de 1810. O registro de seu óbito nunca foi localizado.

1810 Sétima edição de *Marília de Dirceu*, lançada em junho pela Impressão Régia (Rio de Janeiro).

Nomes, codinomes e criptônimos
ADVERTÊNCIA

Desde o século XIX, a identificação histórica dos personagens das *Cartas chilenas* preocupou vários estudiosos e produziu extensa bibliografia, às vezes marcada por disputas acirradas em torno de nomes. Tomando a sátira como reflexo da realidade, como documento que reproduz fielmente os fatos nele narrados, esses intérpretes nunca levaram em conta a autonomia ainda que relativa do poema, escrito conforme uma série de convenções retóricas do século XVIII — o que incluía a construção de tipos e situações a partir de modelos previamente estabelecidos para cada caso.

Assim, torna-se bastante difícil precisar onde começa a aplicação desses modelos retóricos por Gonzaga e onde termina a metaforização de referências históricas — que, por sua vez, não são decisivas para a compreensão da obra, se se espera dela algo mais que um repositório de revelações biográficas ou uma simples crônica de costumes.

Na fortuna crítica das *Cartas chilenas*, porém, impera o furor por versos que corroborem acontecimentos registrados em documentação convencional ou a pressa em constatar nos papéis burocráticos coevos as peripécias narradas por Critilo. Foram exatamente esses pressupostos que orientaram as meticulosas pesquisas de Manuel Rodrigues Lapa, Herculano Gomes Mathias e Tarquínio José Barbosa de Oliveira, fontes da lista que se segue. Mas sua plausibilidade pode ser medida — por exemplo — pelos casos em que há mais de um candidato ao criptônimo, o que não significa que mesmo os consensos não devam ser acolhidos com toda cautela — levando-se em conta ainda, é bom repetir, que se trata de uma obra de arte e não de uma transliteração da realidade empírica.

Optou-se por apontar apenas os personagens nomeados na sátira — exceto o "Bispo" e o "Chefe antigo" —, já que menções impessoais ou vagas — como "bons soldados" ("Carta 7ª", v. 206) ou "capitão falecido" ("Carta 12ª", v. 244) — tornam mais remota ainda qualquer identificação histórica. Procurou-se acrescentar algumas informações sobre cada pessoa relacionada a personagens da sátira, embora nem sempre isso tenha sido possível. Observe-se que os próprios criptônimos encerram metáforas de intenso conteúdo crítico, como é o caso de "Albino": seria uma referência jocosa à brancura da pele de José Pereira Alvim? ou a simples deformação desse nome por meio de alusão depreciativa?

ALBERGA: Gregório Pereira Soares de Albergaria, juiz ordinário e presidente da Câmara de Vila Rica (1784-6).

ALBINO: José Pereira Alvim, fiador do contrato dos dízimos (1784-6).

ALCESTE: Cláudio Manuel da Costa (1729-89), poeta, advogado e latifundiário.

ALCEU: ver ALCESTE.

ALTIMIDONTE: ver ALCESTE.

BISPO: d. fr. Domingos da Encarnação Pontével (1721-93), bispo de Mariana (1780-93).

BRUNDÚSIO: Francisco de Faria Brum, tenente da Cavalaria Regular.

CAPANEMA: Francisco da Silva Capanema, capitão-mor de Pitangui.

CATA PRETA: Manuel José Fernandes de Oliveira, sargento-mor de Cata Preta, localidade próxima ao arraial do Inficionado.

CRITILO: Tomás Antônio Gonzaga (ver "Cronologia de Tomás Antônio Gonzaga").

CHEFE ANTIGO: d. Rodrigo José Antônio de Meneses (1750-1807), governador da capitania de Minas Gerais de 1780 a 1783.

DAMIÃO: padre Joaquim Veloso de Miranda (1742-1816), formado em cânones pela Universidade de Coimbra e membro da Academia das Ciências de Lisboa. Fez pesquisas em história natural em Minas por ordem do governador Cunha Meneses.

DOROTEU: ver ALCESTE.

FANFARRÃO MINÉSIO: Luís da Cunha Pacheco e Meneses (1743-1819), governador da capitania de Minas Gerais de 1783 a 1788.

FLORÍCIO: Pedro Teixeira da Silva Mursa, pai adotivo de um suposto filho bastardo de Tomás Antônio Gonzaga, Antônio Silvério da Silva Mursa.

FLORIDORO: Inácio José de Alvarenga Peixoto (1744-92), ouvidor da comarca do Rio das Mortes (1776-80), latifundiário e poeta.

FRONDÉLIO: Tomás de Aquino Belo e Freitas, médico formado pela Universidade de Coimbra e chefe do hospital militar de Vila Rica.

JELÔNIO: Jerônimo Xavier de Sousa, cabo e alferes da Cavalaria Regular.

JOSEFINO ("Carta 3ª", v. 29): padre

José Martins Machado, padre Carlos Correia de Toledo e Melo (vigário de São José del Rei) ou José Veríssimo da Fonseca (escrivão da Ouvidoria de Vila Rica).

JOSEFINO ("Carta 8ª", v. 77): padre José da Silva e Oliveira Rolim, filho do caixa da Real Administração dos Diamantes.

LAURA: Maria Joaquina Anselmo (ou Anselma) de Figueiredo, suposta amante de Tomás Antônio Gonzaga.

LOBÉSIO: José de Sousa Lobo e Melo, capitão da Cavalaria Regular.

LUDOVINO: Jerônimo Luís da Cunha, meirinho do Tejuco.

LUPÉSIO: Manuel Lopes da Rocha, proprietário da Casa da Ópera de Vila Rica de 1783 a 1790.

MACEDO: João Rodrigues de Macedo, contratador de impostos e comerciante.

MARÍLIA: ver LAURA.

MARQUÉSIO: José Pereira Marques, contratador do imposto das entradas, comerciante e capitão da Cavalaria Auxiliar.

MATÚSIO: José Antônio de Matos, criado de Cunha Meneses nomeado oficial maior da Secretaria de Governo da capitania.

MAXIMINO: Maximiano de Oliveira Leite, capitão da Cavalaria Regular.

MÉVIO: José Antônio de Araújo, sobrinho de José Pereira Alvim (ver ALBINO).

MINÉSIO: ver FANFARRÃO MINÉSIO.

NISE: ver LAURA.

PADELA: José de Vasconcelos Parada e Sousa, capitão da Cavalaria Regular e comandante do destacamento do Tejuco.

PAI AMBRÓSIO: Ambrósio, escravo fugitivo chefe de quilombo em São Jerônimo dos Poções (1726-46).

PÉ-DE-PATO: Manuel Angola, criminoso preso em Tejuco em 1785 e transferido para Vila Rica em 1786.

RIBÉRIO ("Carta 7ª", v. 282-3, 290, 305): Diogo Pereira Ribeiro de Vasconcelos, advogado em Vila Rica e afilhado de casamento de Tomás Antônio Gonzaga.

RIBÉRIO ("Carta 11ª", v. 122, 143; e Carta 12ª", v. 198, 211, 223, 228): Manuel Ribeiro Guimarães (escrivão da Intendência do Ouro de Vila Rica) ou Teotônio Maurício de Miranda Ribeiro (capitão de Cavalaria Regular).

ROBÉRIO: Roberto Antônio de Lima, criado de Cunha Meneses promovido a sargento-mor do Terceiro Regimento de Cavalaria Auxiliar.

ROQUÉRIO: capitão Roque de Sousa Magalhães, Roque Afonso Monteiro ou Manuel Teixeira de Queiroga (comerciante e contratador).

ROSA: primeiro nome de uma suposta amante de José Antônio de Matos (ver MATÚSIO).

ROSICA: ver ROSA.

ROSINHA: ver ROSA.

SAÔNIO: José Luís Saião (capitão da Cavalaria Regular) ou seu filho José ou Luís Antônio de Velasco Saião (capitão da Cavalaria Regular).

SILVERINO: Joaquim Silvério dos Reis, contratador do imposto das entradas (1782-84) e coronel da Cavalaria Auxiliar.

SIMPLÍCIO: Antônio da Costa Coelho (boticário) ou Antônio Xavier de Resende (ajudante de ordens).

TOMASINE: Tomás Joaquim de Oliveira Trant (ou Frant), tenente e capitão da Cavalaria Regular.

Fontes

Lapa, Manuel Rodrigues. *As "Cartas chilenas"; um problema histórico e filológico*. Rio de Janeiro, Instituto Nacional do Livro, 1958, 382 páginas.
Mathias, Herculano Gomes. "Voltando às *Cartas chilenas*". *Anais do Museu Histórico Nacional*, Rio de Janeiro, 21:1-7, 1969.
Oliveira, Tarquínio José Barbosa de. *As "Cartas chilenas"; fontes textuais*. São Paulo, Referência, 1972, 329 páginas.

BIBLIOGRAFIA BÁSICA SOBRE AS "CARTAS CHILENAS"

Ávila, Afonso, "As *Cartas chilenas* ou uma vontade de continuidade barroca", em *O lúdico e as projeções do mundo barroco*, 2ª ed., São Paulo, Perspectiva, 1980.
Bandeira, Manuel, "A autoria das *Cartas chilenas*", em *Revista do Brasil* (3ª fase), nº 22, abril de 1940.
Candido, Antonio, "*Cartas chilenas*", em *Formação da literatura brasileira*, v. 1, 2ª ed., São Paulo, Martins, 1964.
Eulálio, Alexandre, "O pobre, porque é pobre, pague tudo", em Schwarcz, Roberto (org.). *Os pobres na literatura brasileira*, São Paulo, Brasiliense, 1983.
Franco, Afonso Arinos de Melo, "Introdução", em Gonzaga, Tomás Antônio, *Cartas chilenas*, Rio de Janeiro, Imprensa Oficial, 1940.
Holanda, Sérgio Buarque de, "As *Cartas chilenas*", em *Tentativas de Mitologia*, São Paulo, Perspectiva, 1979.
Lapa, Manuel Rodrigues, *As "Cartas chilenas", um problema histórico e filosófico*, Rio de Janeiro, INL, 1958.
Mennucci, Sud, *À margem das "Cartas chilenas"*, São Paulo, s. e., 1942.
Polito, Ronald, *Um coração maior que o mundo — Tomás Antônio Gonzaga e o horizonte luso-colonial*, São Paulo, Globo, 2004.

CARTAS CHILENAS

Em que se contam os sucessos
de todo o Governo de Fanfarrão Minésio,
General de Chile.
Escritas na língua Castelhana
pelo Poeta Critilo.
Traduzidas em Português,
e dedicadas
aos Grandes de Portugal
por um Anônimo.

DEDICATÓRIA

Ilmos, e Exmos Senhores.

Apenas concebi a ideia de traduzir na nossa língua, e de dar ao prelo as *Cartas chilenas*, logo assentei comigo, que V. Exas haviam de ser os Mecenas, a quem as dedicasse. São V. Exas aqueles de quem os nossos Soberanos costumam fiar os Governos das nossas Conquistas: são por isso aqueles, a quem se devem consagrar todos os escritos, que os podem conduzir ao fim de um acertado Governo.

Dois são os meios, por que nos instruímos; um, quando vemos ações gloriosas, que nos despertam o desejo da imitação: outro, quando vemos ações indignas, que nos excitam o seu aborrecimento. Ambos estes meios são eficazes: esta a razão, por que os teatros instituídos para a instrução dos Cidadãos umas vezes nos representam a um Herói cheio de virtudes, e outras vezes nos representam a um monstro coberto de horrorosos vícios.

Entendo, que V. Exas se desejarão instruir por um, e outro modo. Para se instruírem pelo primeiro, têm V. Exas os louváveis exemplos de seus Ilustres Progenitores. Para se instruírem pelo segundo, era necessário, que eu fosse descobrir a Fanfarrão Minésio em um Reino estranho. Feliz Reino, e felices grandes, que não têm em si um modelo destes!

Peço a V. Exas, que recebam, e protejam estas Cartas. Quando não mereçam a sua proteção pela eloquência, com que estão escritas, sempre a merecem pela sã doutrina, que respiram, e pelo louvável fim, com que talvez as escreveu o seu Autor Critilo.

Beija as mãos

De V. Exas o seu menor criado

PRÓLOGO

Amigo Leitor, arribou a certo porto do Brasil, onde eu vivia, um Galeão, que vinha das Américas Espanholas. Nele se transportava um Mancebo, Cavalheiro, instruído nas Humanas Letras. Não me foi dificultoso travar com ele uma estreita amizade; e chegou a confiar-me os manuscritos, que trazia. Entre eles encontrei as *Cartas chilenas*, que são um artificioso compêndio das desordens, que fez no seu Governo Fanfarrão Minésio, General de Chile.

Logo que li estas Cartas, assentei comigo, que as devia traduzir na nossa língua; não só porque as julguei merecedoras deste obséquio pela simplicidade do seu estilo, como também pelo benefício, que resulta ao público, de se verem satirizadas as insolências deste Chefe para emenda dos mais, que seguem tão vergonhosas pisadas.

Um Dom Quixote pode desterrar do mundo as loucuras dos Cavalheiros Andantes: um Fanfarrão Minésio pode também corrigir a desordem de um Governador despótico.

Eu mudei algumas cousas menos interessantes para as acomodar melhor ao nosso gosto. Peço-te que me desculpes algumas faltas; pois se és douto, hás de conhecer a suma dificuldade, que há na tradução em verso. Lê, diverte-te, e não queiras fazer juízos temerários sobre a pessoa de Fanfarrão. Há muitos fanfarrões no mundo, e talvez que tu sejas também um deles,

.....Quid rides? mutato nomine, / de te Fabula narratur......
Horat. *Sat. I*, versos 69 e 70.[1]

[1] "Por que ris? Mudado o nome, / a fábula fala de ti" (Horácio, *Sátiras*, livro I, versos 69 e 70).

EPÍSTOLA A CRITILO[1]

Vejo, ó Critilo, do Chileno Chefe
Tão bem pintada a história nos teus versos,
Que não sei decidir, qual seja a cópia,
Qual seja o original. Dentro em minha alma
Que diversas paixões, que afetos vários
A um tempo se suscitam! Gelo, e tremo
Umas vezes de horror, de mágoa, e susto,
Outras vezes do riso apenas posso
Resistir aos impulsos: igualmente
Me sinto vacilar entre os combates
Da raiva, e do prazer. Mas ah! que disse!
Eu retrato a expressão, nem me subscrevo
Ao sufrágio daquele, que assim pensa
Alheio da razão, que me surpreende.
Trata-se aqui da humanidade aflita;
Exige a natureza os seus deveres:
Nem da mofa, ou riso pode a ideia
Jamais nutrir-se, enquanto aos olhos nossos
Se propõe do teu Chefe a infame história.
Quem me dirá, que da estultice as obras
Infestas à virtude, e dirigidas
A despertar o escândalo, conseguem
No prudente varão mover o riso?
Eu vejo, que um Calígula se empenha,
Em fazer, que de Roma ao Consulado

[1] Atribuída a Cláudio Manuel da Costa (1729-89).

Se jure o seu cavalo por colega:[2]
Vejo, que os cidadãos, e as tropas arma
O filho de Agripina,[3] que os transporta
Em grossos vasos sobre o Tibre; e logo
Por inimigos lhes assina[4] os matos,
Que atacar manda com guerreiro estrondo:
Direi, que me recreia esta loucura?
Que devo rir-me, e sufocar o pranto,
Que pula nos meus olhos? Não, Critilo,
Não é esta a moção, que n'alma provo.
Por entre estes delírios insensível
Me conduz a razão brilhante, e sábia,
A gemer igualmente na desgraça
Dos míseros vassalos, que honrar devem
De um Tirano o poder, o trono, o cetro.

*

Se Talia, e Melpômene[5] nos pintam
Nos seus teatros as paixões humanas
Ao ridículo gesto, ou ao semblante
Da cena, que o Coturno[6] me apresenta,
me conformo ao interesse,[7] quando
Aborreço a maldade, e quando rendo
À formosa virtude os dignos votos.

[2] Referência a Calígula, Caius Caesar Germanicus (12 d.C.-41 d.C.), imperador romano. Concedeu o título de cônsul a seu cavalo Incitatus.

[3] *O filho de Agripina*: referência a Nero (Lucius Domitius Claudius, 37 d.C.-68 d.C.), imperador romano.

[4] *Assina*: aponta, mostra, indica.

[5] *Talia e Melpômene* (mitologia grega): musas da comédia e da tragédia, respectivamente.

[6] *Coturno*: na Grécia antiga, calçado de salto alto usado nas tragédias por personagens de maior dignidade. Por metonímia, "teatro clássico".

[7] *Interesse*: ganho, lucro.

Despedace Medeia[8] os caros filhos;
Guise Atreu[9] de seus netos as entranhas;
Eu terei sempre horror às impiedades.
Jamais da irreligião, da fé mentida
Me hão de enganar os pérfidos rebuços,
Ou da fingida cena os vãos adornos.
Devo pois confessar, Critilo amado,
Que teus escritos de uma idade a outra
Passarão sempre de esplendor cingidos:
Que a humanidade enfim desagravada
Das injúrias, que sofre, por teu braço
Os ferros soltará, que desafroxa,
Tintos do fresco, gotejado sangue.

*

Súditos infelices, que provastes
Os estragos da bárbara desordem,
Respirai, respirai: ao benefício
Deveis do bom Critilo a paz suave,
Que a vossa liberdade alegre goza.

[8] *Medeia* (mitologia grega): esposa de Jasão, que lhe prometera casamento caso o ajudasse na busca do tosão de ouro. Foi expulsa pelo rei de Corinto, que desejava ter Jasão como genro. Conseguindo prazo de um dia para partir, assassina a rival através de uma roupa que se transforma em fogo assim que ela a veste. Em seguida, mata os próprios filhos, Mermero e Feres, no templo de Hera, e foge para Atenas.

[9] *Atreu* (mitologia grega): encontrou em seu rebanho um cordeiro com lã de ouro, cuja pele tirou e escondeu. Seu irmão Tieste, amante de sua esposa, com a ajuda desta, rouba o tosão de ouro. Atreu e Tieste se candidatam a rei de Micenas. Aquele último propõe que seja eleito quem encontrar o tosão. Avisado por Zeus, Atreu sugere desafio maior: inverter o percurso do sol. Vencendo a disputa, expulsa Tieste. Descobrindo depois o comportamento da esposa, finge reconciliar-se com o irmão e chama-o. Mata os três filhos de Tieste e manda assá-los e servi-los ao próprio pai. Após o banquete, Atreu mostra a Tieste as cabeças dos sobrinhos, expulsando-o definitivamente de Micenas. O autor parece equivocado, portanto, ao falar em "netos de Atreu".

Sim, Critilo, são estes os agouros,
Que lendo a tua história, ao mundo faço.
De pejo, e de vergonha os bons Monarcas,
Que pias intenções sempre alimentam,
De reger como filhos os seus povos,
Tocados se verão. Prudentes, sábios,
Consultarão primeiro sobre a escolha
Daqueles Chefes, que a remotas terras
Determinam mandar, deles fiando
A importante porção do seu Governo:
Prevenidos, que a vã brutal soberba
Só nas obras influi destes monstros,
Pelo escrutínio da virtude espero,
Que regulados os seus votos sejam.

*

De uma estéril mortal genealogia,
Que o mérito produz de seus maiores,
Eles, Amigo, argumentar não devem
Propagados talentos. A virtude
Nem sempre aos netos por herança desce.
Pode o pai ser piedoso, sábio, e justo,
Manso, afável, pacífico, e prudente:
Não se segue daqui, que um ímpio filho,
Perverso, infame, díscolo, e malvado,
Não desordene de seus Pais a glória.
Nem sempre as águias de outras águias nascem,
Nem sempre de Leões, Leões se geram:
Quantas vezes as pombas, e os cordeiros
São partos dos Leões, das águias partos!

*

Para reger, ó Reis, os vossos povos,
Debalde ides buscar brasões, e escudos

Entre os vossos Dinastas. Roma, Roma
As fasces,[10] as secures,[11] mais as outras
Imperiais insígnias só tirava
Da provada virtude. Se das Togas
Distinguia uma, e outra espécie, Atenas
É quem a todas o caráter dava:
Igualmente Civil Jurisconsulto,
Que instruído guerreiro, era mandado
Um cidadão, que da província as rédeas
Manejasse fiel. Daqui os Fábios,
Daqui os Cipiões, e os bons Emílios,[12]
Os Césares daqui, que os fastos[13] ornam.
Que diferentes hoje os nossos Grandes!

*

É filho do Marquês, do Conde é filho;
Vá das Índias reger o vasto Empório.
Ó Deus! e que infelices os Vassalos,
Que tão longe do Trono prostitui
O vosso Império aos abortivos Chefes!
Lá vai aquele, que de avara sede
É por gênio arrastado: que tesouros
Não espera ajuntar! Do alheio cofre
Se há de esgotar a aferrolhada soma:
Desgraçada Justiça! Da igualdade
Tu não sabes o ponto: é a balança
Do interesse, que só por ti decide.
Que despachos injustos, que dispensas,

[10] *Fasces*: feixe de varas com que, na Roma antiga, os lictores acompanhavam os cônsules como símbolo do direito de punir.

[11] *Secures*: machadinhos que os lictores romanos traziam para fazer execuções.

[12] *Fábios*, *Cipiões*, *Emílios*: referências a cônsules romanos (séculos III a I a.C.).

[13] *Fastos*: anais, registros.

Que mercês, e que postos não se compram
Ao grave peso da selada firma!

*

Outro vai, que lascivo, e desenvolto
Só da carne as paixões adora, e segue:
Honras, decoros, vós sereis despojos
Do seu bruto apetite. Em vão cansados,
Pais de famílias, zelareis vós outros
Da vossa casa o pundonor herdado:
Aos vis ataques do atrevido orgulho
Hão de ceder as prevenções mais fortes;
Vítimas da voraz sensualidade
Vossas filhas serão, vossas mulheres.
Que direi do soberbo, do vaidoso,
Do colérico, e de outros vários monstros,
Que freio algum não conhecendo, passam
A sustentar no autorizado cargo
Tudo quanto a paixão lhes dita, e manda!

*

Não sofre aquele, que o Vassalo oculte
Os cabedais, que à sua indústria deve;
E que a seus filhos, e a seus netos possa
Deixar, morrendo, uma opulenta herança;
Um falso crime lhe figura, aonde
Esgote as forças, que levar procura
Além das frias apagadas cinzas.

*

Este medita, que a nobreza ilustre
Sufocada se veja. A prisão dura,
O distante degredo, é que promete

Da prevista vingança o fim prescrito.
Ó Senhores! ó Reis! ó Grandes! quanto
São para nós as vossas Leis inúteis!
Mandais debalde, sem julgada culpa,
Que o vosso Chefe a arbítrio seu não possa
Exterminar[14] os réus; punir os ímpios:
É c'os Ministros de menor esfera,
Que falam vossas Leis. Nos Chefes vossos
Somente o despotismo impera, e reina:
Gozar da sombra do copado tronco
É só livre ao que perto tem o abrigo
Dos seus ramos frondosos. Se se aparta
Da clara fonte o passageiro, prova
Turbadas águas em maior distância.

*

Mas ah! Critilo meu, que eu estou vendo,
Que já chegam a ler as cartas tuas:
Estes bárbaros monstros são cobertos
De vivo pejo ao ver os seus delitos,
Que em tão disforme vulto hoje aparecem.

*

Destro Pintor, em um só quadro a muitos
Soubeste descrever. Sim, que o teu Chefe
As maldades de todos compreende.
Aqui vê-se o soberbo, que pensando
Do resto dos mais homens nada serem
Mais que humildes insetos, só de fúrias
Nutre o vil coração, e a seus pés calca
A pobre humanidade. Aqui se encontra

[14] *Exterminar*: banir, expulsar, desterrar.

O ímpio, o libertino, que ultrajando
Tudo que é sagrado, tem por timbre
Ao público mostrar, que o santo culto,
Que nos intima a Religião, somente
Aos pequenos obriga, e que por arte
Os conserva a ilusão no fanatismo,
Por que da obediência às Leis se dobrem.
Aqui se acha o lascivo, é o vaidoso,
É o estúpido, enfim é o demente,
O que ao vivo aparece nesta empresa.

*

Tu, severo Catão, tu repreendes
Com teu mudo semblante a Pátria Roma:
Nem seus teatros de lascívia cheios
Sofrem teus olhos nobremente irados:
Pede o Congresso de terror ferido,
Que o rígido Censor o Circo deixe,
Ou que se não produza a torpe Cena.

*

Este, ó Critilo, o precioso efeito
Dos teus versos será, como em espelho,
Que as cores toma, e que reflete a imagem;
Os ímpios Chefes de uma igual conduta
A ele se verão, sendo arguidos
Pela face brilhante da virtude,
Que nos defeitos de um castiga a tantos.
Lições prudentes de um discreto aviso,
No mesmo horror do crime, que os infama,
Teus escritos lhes deem. Sobrada usura
É este o prêmio das fadigas tuas.

*

Eles dirão, voltando-se a Critilo:
Quanto devemos, ó Censor facundo,
Ao castigado metro, com que afeias
Nossos delitos, e buscar nos fazes
Da cândida virtude a sã doutrina!

CARTA 1ª

Em que se descreve a entrada, que fez Fanfarrão em Chile

Amigo Doroteu, prezado Amigo,
Abre os olhos, boceja, estende os braços,
E limpa das pestanas carregadas
O pegajoso humor, que o sono ajunta.
Critilo, o teu Critilo é quem te chama;
Ergue a cabeça da engomada fronha.
Acorda, se ouvir queres cousas raras.
Que cousas, (tu dirás), que cousas podes
Contar, que valham tanto, quanto vale
Dormir a noite fria em mole cama,
Quando salta a saraiva nos telhados,
E quando o Sudoeste, e os outros ventos
Movem dos troncos os frondosos ramos?
É doce esse descanso, não to nego.

*

Também, prezado Amigo, também gosto
De estar amadornado, mal ouvindo
Das águas despenhadas brando estrondo;
E vendo ao mesmo tempo as vãs quimeras,
Que então me pintam os ligeiros sonhos.
Mas, Doroteu, não sintas, que te acorde;
Não falta tempo, em que do sono gozes;
Então verás Leões com pés de pato;
Verás voarem Tigres, e Camelos,
Verás parirem homens, e nadarem
Os roliços penedos sobre as ondas.
Porém, que têm que ver estes delírios

C'os sucessos reais, que vou contar-te?
Acorda, Doroteu, acorda, acorda;
Critilo, o teu Critilo é quem te chama:
Levanta o corpo das macias penas;
Ouvirás, Doroteu, sucessos novos,
Estranhos casos, que jamais pintaram
Na ideia do doente, ou de quem dorme
Agudas febres, desvairados sonhos.
Não és tu, Doroteu, aquele mesmo,
Que pedes, que te diga, se é verdade,
O que se conta dos barbados monos,
Que à mesa trazem os fumantes pratos?
Não desejas saber, se há grandes peixes,
Que abraçando os Navios com as longas,
Robustas barbatanas, os suspendem,
Inda que o vento, que d'alheta[1] sopra,
Lhes inche os soltos, desrizados[2] panos?
Não queres, que te informe dos costumes
Dos incultos Gentios? Não perguntas,
Se entre eles há Nações, que os beiços furam?
E outras, que matam com piedade falsa
Os pais, que afroxam ao poder dos anos?
Pois se queres ouvir notícias velhas,
Dispersas por imensos alfarrábios,
Escuta a história de um moderno Chefe,
Que acaba de reger a nossa Chile,
Ilustre imitador a Sancho Pança.
E quem dissera, Amigo, que podia
Gerar segundo Sancho a nossa Espanha!

*

[1] *Alheta*: nos navios antigos, linha que ligava o costado à ré.
[2] *Desrizados*: de "desrizar", termo náutico que significa tirar as velas dos rizes (cabos).

Não penses, Doroteu, que vou contar-te
Por verdadeira história uma novela
Da classe das patranhas, que nos contam
Verbosos Navegantes, que já deram
Ao globo deste mundo volta inteira:
Uma velha madrasta me persiga,
Uma mulher zelosa me atormente,
E tenha um bando de gatunos filhos,
Que um chavo[3] não me deixem, se este Chefe
Não fez ainda mais, do que eu refiro.
Ora pois, doce Amigo, vou pintá-lo
Da sorte, que o topei a vez primeira;
Nem esta digressão motiva tédio,
Como aquelas, que são dos fins alheias;
Que o gesto, mais o traje nas pessoas
Faz o mesmo, que fazem os letreiros
Nas frentes enfeitadas dos livrinhos,
Que dão, do que eles tratam, boa ideia.
Tem pesado semblante, a cor é baça,
O corpo de estatura um tanto esbelta,
Feições compridas, e olhadura feia,
Tem grossas sobrancelhas, testa curta,
Nariz direito, e grande; fala pouco
Em rouco baixo som de mau falsete;
Sem ser velho, já tem cabelo ruço;
E cobre este defeito, e fria calva
À força do polvilho, que lhe deita.
Ainda me parece, que o estou vendo
No gordo rocinante[4] escarranchado!
As longas calças pelo embigo atadas,
Amarelo colete, e sobre tudo
Vestida uma vermelha, e justa farda:

[3] *Chavo*: moeda de pouco valor.
[4] *Gordo rocinante*: referência ao cavalo de Dom Quixote.

De cada bolso da fardeta pendem
Listradas pontas de dous brancos lenços;
Na cabeça vazia se atravessa
Um chapéu desmarcado; nem sei, como
Sustenta a pobre só do laço o peso.
Ah! Tu, Catão severo, tu, que estranhas
O rir-se um Cônsul moço, que fizeras,
Se em Chile agora entrasses, e se visses
Ser o Rei dos peraltas, quem governa?
Já lá vai, Doroteu, aquela idade,
Em que os próprios mancebos, que subiam
À honra do governo, aos outros davam
Exemplos de modéstia até nos trajes.
Deviam, Doroteu, morrer os povos,
Apenas os maiores imitaram
Os rostos e os costumes das mulheres,
Seguindo as modas, e raspando as barbas.
Os grandes do País com gesto humilde
Lhe fazem, mal o encontram, seu cortejo;
Ele austero os recebe, e só se digna
Afroxar do toutiço[5] a mola um nada,
Ou pôr nas abas do chapéu os dedos.

*

Caminha atrás do Chefe um tal Robério,
Que entre os criados tem respeito de aio;
Estatura pequena, largo o rosto,
Delgadas pernas, e pançudo ventre,
Sobejo de ombros, de pescoço falto;
Tem de pisorga[6] as cores, e conserva
As bufantes bochechas sempre inchadas:

[5] *Toutiço*: nuca.
[6] *Pisorga*: ébrio, bêbado.

Bem que já velho seja, inda presume
De ser aos olhos das Madamas grato,
E o demo lhe encaixou, que tinha pernas
Capazes de montar no bom ginete,
Que rincha no Parnaso.[7] Pobre tonto,
Quem te mete em camisas de onze varas![8]
Tu só podes cantar em coxos versos,
E ao som da má rabeca, com que atroas
Os feitos de teu Amo, e os seus Despachos.

*

Ao lado de Robério vem Matúsio,
Que respira do Chefe o modo, e gesto:
É peralta rapaz de tesas gâmbias,[9]
Tem cabelo castanho, e brancas faces,
Tem um ar de Mylord, e a todos trata
Como inúteis bichinhos; só conversa
Com o rico rendeiro, ou quem lhe conta
Das moças do país as frescas praças:
Dos bolsos da casaca dependura
As pontas perfumadas dos lencinhos;
Que é sinal, ou caráter, que distingue
Aos serventes da casa dos mais homens;
Assim como as famílias se conhecem
Por herdados Brasões de antigas Armas.

*

Montado em nédia mula vem um Padre,

[7] Referência a Pégaso (mitologia grega), cavalo alado, símbolo do gênio poético. "Montar o Pégaso" significa fazer versos.

[8] "Quem te mete em camisas de onze varas!": o mesmo que colocar em apuros, pôr em dificuldades.

[9] *Gâmbias*: pernas.

Que tem de Capelão as justas honras:
Formou-se em Salamanca; é homem sábio:
Já do Mistério do Pilar um dia
Um sermão recitou, que foi um pasmo;
Labregão[10] no feitio, e meio idoso,
Tem olhos encovados, barba tesa,
Fechadas sobrancelhas, rosto fusco,
Cangalhas[11] no nariz. Ah! quem dissera,
Que num corpo, que tem de nabo a forma
Havia pôr os Céus tão grande caco!

*

O resto da família é todo o mesmo;
Escuso de pintá-lo. Tu bem sabes
Um rifão, que nos diz, que dos Domingos
Se tiram muito bem os dias santos.
Ah pobre Chile! que desgraças esperas!
Quanto melhor te fora, se sentisses
As pragas, que no Egito se choraram,[12]
Do que veres, que sobe ao teu Governo
Carrancudo Casquilho,[13] a quem rodeiam
Os néscios, os marotos, e os peraltas.

*

Seguido pois dos Grandes entra o Chefe
No nosso Sant'Iago junto à noite.
A casa me recolho, e cheio destas

[10] *Labregão*: grosseiro.

[11] *Cangalhas*: óculos.

[12] Referência às pragas que, segundo a Bíblia (Ex. 7 - 3, 17 - 7), Deus teria lançado sobre o Egito, através de Moisés, a fim de convencer o faraó a abolir o cativeiro dos israelitas.

[13] *Casquilho*: pessoa que se enfeita com exagero; janota.

Tristíssimas imagens, no discurso
Mil cousas feias, sem querer revolvo.
Por ver, se a dor divirto, vou sentar-me
Na janela da sala, e ao ar levanto
Os olhos já molhados. Céus! que vejo!
Não vejo estrelas, que serenas brilhem,
Nem vejo a lua, que prateia os mares:
Vejo um grande Cometa, a quem os doutos
Caudato[14] apelidaram. Este cobre
A terra toda c'o disforme rabo.
Aflito o coração no peito bate;
Eriça-se o cabelo, as pernas tremem,
O sangue se congela, e todo o corpo
Se cobre de suor. Tal foi o medo.
Ainda bem o acordo não restauro,
Quando logo me lembra, que este dia
É o dia fatal, em que se entende,
Que andam no mundo soltos os diabos.[15]
Não rias, Doroteu, dos meus agouros;
Os antigos Romanos foram sábios,
Tiveram agoureiros: estes mesmos
Muitas vezes choraram, por tomarem
Os avisos Celestes como acasos.

*

Ajuntavam-se os Grandes desta terra
À noite em casa do benigno Chefe,
Que o Governo largou. Aqui alegres
Com ele se entretinham largas horas:
Depostos os melindres da grandeza,

[14] *Caudato*: de *caudatus*. Na astronomia da época, cometa com cauda.
[15] Referência ao dia de são Bartolomeu (24 de agosto).

Fazia a humanidade os seus deveres
No jogo, e na conversa deleitosa;
A estas horas entra o novo Chefe
Na casa do recreio; e reparando
Nos membros do Congresso, a testa enruga,
E vira a cara, como quem se enoja:
Por que os mais junto dele não se assentem,
Se deixa em pé ficar a noite inteira;
Não se assenta civil da casa o dono;
Não se assenta, (que é mais), a Ilustre Esposa;
Não se assenta também o velho Bispo,
E a exemplo destes o Congresso todo.

*

Pensavas, Doroteu, que um peito nobre,
Que teve Mestres, que habitou na Corte,
Havia praticar ação tão feia
Na casa respeitável de um Fidalgo,
Distinto pelo Cargo, que exercia,
E mais ainda pelo sangue herdado?
Pois ainda, Caro Amigo, não sabias,
Quanto pode a tolice, e vã soberba.
Parece, Doroteu, que algumas vezes
A sábia natureza se descuida.
Devera, doce Amigo, sim devera
Regular os natais conforme os gênios.
Quem tivesse as virtudes de Fidalgo,
Nascesse de Fidalgo, e quem tivesse
Os vícios de vilão, nascesse embora,
Se devesse nascer, de algum lacaio;
Como as pombas, que geram fracas pombas,
Como os Tigres, que geram Tigres bravos.
Ah! se isto, Doroteu, assim sucede
Estava a nosso Chefe mesmo ao próprio
Para nascer Sultão do Turco Império;

Metido entre vidraças, reclinado
Em coxins de veludo, e vendo as moças,
Que de todas as partes o cercavam,
Coçando-lhe umas levemente as pernas,
E as outras abanando-o com toalhas:
Só assim, Doroteu, o nosso Chefe
Ficaria de si um tanto pago.[16]

*

Chegou-se o dia da funesta posse;
Mal os Grandes se ajuntam, desce a escada,
E sem mover cabeça, vai meter-se
Debaixo do lustroso, e rico Pálio.
Caminham todos juntos para o Templo:
Um Salmo se repete em doce coro,
A que ele assiste desta sorte inchado:
Entesa mais que nunca o seu pescoço,
Em ar de minuete os pés concerta,
E arqueia o braço esquerdo sobre a ilharga.
Eis aqui, Doroteu, o como param[17]
Os maus Comediantes, quando fingem
As pessoas dos Grandes nos teatros.

*

Acabada a função, a casa volta;
Os Grandes o acompanham descontentes,
Co'a mesma pompa, com que foi ao Templo.
Tu já viste um Ministro carrancudo,
A quem os tristes pertendentes cercam,
Quando no Régio Tribunal se apeia,

[16] *Pago*: contente, satisfeito.
[17] *Param*: procedem, fazem.

Que bem que humildes em tropel o sigam,
Não para, não responde, não corteja?
Tu já viste o Casquilho, quando sobe
À casa em que se canta, e em que se joga,
Que deixa à porta as bestas, e os lacaios,
Sem sequer se lembrar, que venta, e chove?
Pois assim nos tratou o nosso Chefe;
Mal à porta chegou do Chefe antigo,
Com ele se recolhe, e até ao mesmo
Luzido, Nobre Corpo do Senado
Não fala, não corteja, nem despede.
Da sorte que o Lacaio a sege arruma,
Por não tomar a rua às outras seges;
Assim os Cidadãos o Pálio encosta
Ao batente da porta, e quais lacaios
Na rua esperam, que seu Amo desça,
Ou, a ele ficar, que os mande embora.

*

À vista desta ação indigna, e feia
Todo o Congresso se confunde, e pasma.
Sobe às faces de alguns a cor rosada;
Perdem outros a cor das roxas faces;
Louva este o proceder do Chefe antigo;
Aquele o proceder do novo estranha;
E os que podem vencer do gênio a força,
Aos mais escutam, sem dizer palavra.

*

São estes, louco Chefe, os sãos exemplos,
Que na Europa te dão os homens grandes?
Os mesmos Reis não honram aos Vassalos?
Deixam de ser por isso uns bons Monarcas?
Como errado caminhas! O respeito

Por meio das virtudes se consegue,
E nelas se sustenta; nunca nasce
Do susto, e do temor, que aos povos metem
Injúrias, descortejos, e carrancas.
Findou-se, Doroteu, a longa história
Da entrada deste Chefe: agora vamos,
Que é tempo, descansar um breve instante.

*

Nas outras contarei, prezado Amigo,
Os fatos, que ele obrou no seu Governo,
Se acaso os justos Céus quiserem dar,
Para tanto escrever, papel, e tempo.

CARTA 2ª

Em que se mostra a piedade, que Fanfarrão fingiu no princípio do seu Governo para chamar a si todos os negócios

As Brilhantes Estrelas já caíam,
E a vez terceira os galos já cantavam,
Quando, prezado Amigo, punha o selo
Na volumosa carta, em que conto
Do nosso imortal Chefe a grande entrada.
E refletindo então ser quase dia,
A despir-me começo com tal ânsia,
Que entendo, que inda estava o lacre quente,
Quando eu já sobre os membros fatigados
Cuidadoso estendia a grossa manta.

*

Não cuides, Doroteu, que brandas penas
Me formam o colchão macio, e fofo:
Não cuides, que é de paina a minha fronha,
E que tenho lençóis de fina Holanda
Com largas rendas sobre os crespos folhos.
Custosos pavilhões, dourados leitos,
E colchas matizadas não se encontram
Na casa mal provida de um Poeta,
Aonde, há dias, que o rapaz, que serve,
Nem na suja cozinha acende o fogo.
Mas nesta mesma cama tosca, e dura
Descanso mais contente, do que dorme
Aquele que só põe o seu cuidado
Em deixar a seus filhos o tesouro,
Que ajunta, Doroteu, com mão avara,
Furtando ao rico e não pagando ao pobre.

Aqui... mas onde vou, prezado Amigo?
Deixemos episódios, que não servem;
E vamos prosseguindo a nossa história.

*

Fui deitar-me ligeiro, como disse,
E mal estendendo nos lençóis o corpo,
Dou um sopro na vela, os olhos fecho,
E pelos dedos, rezo a muitos Santos,
Por ver se chega mais depressa o sono;
Conselho que me deram sábias velhas.
Já, meu bom Doroteu, o sono vinha:
Umas vezes dormindo, ressonava,
Outras vezes rezando inda bolia
Com os devotos beiços; quando sinto
Passar um carro, que me abala o leito.
Assustado desperto; os olhos abro;
E conhecendo a causa, que me acorda,
Um tanto impaciente o corpo viro;
Fecho os olhos de novo e cruzo os braços,
Por ver, se outra vez me torna o sono.
Segunda vez o sono já tornava,
Quando o estrondo percebo de outro carro:
Outra vez, Doroteu, o corpo volto,
Outra vez me agasalho; mas que importa!
Já soam dos soldados grossos berros,
Já tinem as cadeias dos forçados,
Já chiam os guindastes; já me atroam
Os golpes dos machados, e martelos;
E ao pé de tanta bulha já não posso
Mais esperança ter de algum sossego.

*

Salto fora da cama, acendo a vela;
À banca vou sentar-me exasperado,
E por ver, se entretenho as longas horas,
Aparo a minha pena, o papel dobro,
E com mão, que ainda treme de cansada,
Não sei, prezado Amigo, o que te escrevo.
Só sei, que o que te escrevo, são verdades,
E que vem muito bem ao nosso caso.

*

Apenas, Doroteu, o nosso Chefe
As rédeas manejou do seu Governo,
Fingir-nos intentou, que tinha uma alma
Amante da virtude. Assim foi Nero;
Governou aos Romanos pelas regras
Da formosa justiça; porém logo
Trocou o Cetro de ouro por mão de ferro.
Manda, pois, aos Ministros lhe deem listas
De quantos presos as cadeias guardam:
Faz a muitos soltar, e aos mais alenta
De vivas, bem fundadas esperanças.
Estranha ao Subalterno, que se arroja
O poder castigar ao delinquente
Com troncos, e galés; enfim ordena,
Que aos presos, que em três dias não tiverem
Assentos declarados, se abram logo
Em nome dele Chefe os seus assentos.

*

Aquele, Doroteu, que não é Santo,
Mas quer fingir-se Santo aos outros homens,
Pratica muito mais, do que pratica,
Quem segue os sãos caminhos da verdade.

Mal se põe nas Igrejas de joelhos,
Abre os braços em cruz, a terra beija,
Entorta o seu pescoço, fecha os olhos,
Faz que chora, suspira, fere o peito;
E executa outras muitas macaquices,
Estando em parte, onde o mundo as veja.
Assim o nosso Chefe, que procura
Mostrar-se compassivo, não descansa
Com estas poucas obras: passa a dar-nos
Da sua compaixão maiores provas.

*

Tu sabes, Doroteu, qual seja o crime
Dos Soldados, que furtam aos Soldados;
E sabes muito bem, que pena incorram
Aqueles, que viciam ouro, e prata;
Agora, Doroteu, atende o como
Castiga o nosso Chefe em um sujeito
Estes graves delitos, que reputa
Inda menos, do que leves faltas.

*

Apanha um Militar aos Camaradas
Do soldo uma porção; astuto, e destro
Para não se sentir o grave furto,
Mistura nos embrulhos, que lhes deixa,
Igual quantia de metal diverso.
Faz-se queixa ao Bom Chefe deste insulto,
Sim, faz-se ao Chefe queixa, mas debalde;
Que este Hércules não cinge a grossa pele,
Nem traz na mão robusta a forte clava,
Para guerra fazer aos torpes Cacos.[1]

[1] *Cacos*: Referência a Caco (mitologia greco-romana), gigante monstruoso,

Já leste, Doroteu, a *Dom Quixote*?
Pois eis aqui, Amigo, o seu retrato;
Mas diverso nos fins; que o doido Mancha[2]
Forceja por vencer os maus Gigantes,
Que ao mundo são molestos; e este Chefe
Forceja por suster no seu distrito
Aqueles, que se mostram mais velhacos.
Não pune, doce Amigo, como deve,
Das Sacrossantas Leis a grave ofensa;
Antes benigno manda ao bom Matúsio,
Que do seu ouro próprio se ressarça
Aos aflitos roubados toda a perda.
Já viste, Doroteu, igual desordem?
O dinheiro de um Chefe, que a Lei guarda,
Acode aos tristes órfãos, e às viúvas;
Acode aos miseráveis, que padecem
Em duras, rotas camas, e socorrem
Para que honradas sejam, as donzelas;
Porém não paga furtos, por que fiquem
Impunes os culpados, que se devem
Para exemplo punir com mão severa.

*

Envia, Doroteu, vizinho Chefe
Ao nosso grande Chefe outro soldado
Por vários crimes convencido,[3] e preso:
Lança-se o tal soldado de joelhos
Aos pés do seu Herói; suspira, e treme;
Não nega, que ferira, e que matara;
Mas pede, que lhe valha a mão piedosa,

---

filho de Vulcano, que teria sido morto por Hércules por ter roubado deste os bois de Gerião.

[2] *Doido Mancha*: referência a Dom Quixote.

[3] *Convencido*: provado de modo que não se possa alegar coisa em contrário.

Que tudo pode, que ele aperta, e beija.
Pergunta-lhe o bom Chefe, se os seus crimes
Divulgados estão; e o Camarada
Com semblante já leve lhe responde:
Que suas graves culpas foram feitas
Em sítios mui distantes desta Praça.
Então, então o Chefe compassivo
Manda tirar os ferros dos seus braços;
Dá-lhe um salvo-conduto, com que possa,
Contanto que na terra não se saiba,
Fazer impunemente insultos novos.

*

Caminha, Doroteu, à forca um negro,
Conforme as Leis do Reino bem julgado.
Tu sabes, Doroteu, que o próprio Augusto
Estas fatais sentenças não revoga
Sem um justo motivo, em que se firme
Do seu perdão a causa. Também sabes,
Que estas mesmas mercês se não concedem,
Senão por um Decreto, em que se expende,
Que o sábio Rei usou por moto próprio
Do mais alto poder, que tem o Cetro.
Agora, Doroteu, atende, e pasma:
Por um simples Despacho manda o Chefe,
Que o triste padecente se recolha.
Assenta,[4] vale tanto lá na Corte
Um grande "El Rei" impresso, quanto vale
Em Chile um "Como pede" e o seu garrancho.

*

[4] *Assenta*: compreenda.

Aonde, louco Chefe, aonde corres
Sem tino, e sem conselho? Quem te inspira,
Que remitir as penas é virtude?
E ainda a ser virtude, quem te disse,
Que não é das virtudes, que só pode
Benigna exercitar a Mão Augusta?
Os Chefes, bem que Chefes, são Vassalos;
E os Vassalos não têm poder Supremo.
O mesmo grande Jove,[5] que modera
O Mar, a Terra, e o Céu, não pode tudo,
Que ao justo só se estende o seu Império.

*

O povo, Doroteu, é como as moscas,
Que correm ao lugar, aonde sentem
O derramado mel; é similhante
Aos corvos, e aos abutres, que se ajuntam
Nos ermos, onde fede a carne podre.
À vista pois dos fatos, que executa
O nosso grande Chefe, decisivos
Da piedade, que finge, a louca gente
De toda a parte corre a ver, se encontra
Algum pequeno alívio à sombra dele.
Não viste, Doroteu, quando arrebenta
Ao pé de alguma Ermida a fonte santa,
Que a fama logo corre; e todo o povo
Concebe, que ela cura as graves queixas?
Pois desta sorte entende o néscio vulgo,
Que o nosso General Lugar-Tenente,
Em todos os delitos, e demandas
Pode de absolvição lavrar sentenças.
Não há livre, não há, não há cativo,

[5] *Jove* (mitologia romana): o mesmo que Júpiter.

Que ao nosso Sant'Iago não concorra;
Todos buscam ao Chefe, e todos querem
Para serem bem vistos, revestir-se
Do triste privilégio de mendigos.
Um as botas descalça, tira as meias,
E põe no duro chão os pés mimosos:
Outro despe a casaca, mais a veste,
E de vários molambos mal se cobre:
Este deixa crescer a ruça barba;
Com palhas de alhos se defuma aquele;
Qual as pernas emplasta, e move o corpo,
Metendo nos sobacos as muletas;
Qual ao torto pescoço dependura
Despido o braço, que só cobre o lenço:
Uns com bordão apalpam o caminho;
Outros um grande bando lhe apresentam
De sujas moças, a quem chamam filhas.
Já foste, Doroteu, a um Convento
De Padres Franciscanos, quando chegam
As horas de jantar? Passaste acaso
Por sítio, em que morreu mineiro rico,
Quando da casa sai pomposo enterro?
Pois eis aqui, Amigo, bem pintada
A porta, mais a rua deste Chefe
Nos dias de Audiência. Oh quem pudera
Nestes dias meter-se um breve instante,
A ver o que ali vai na grande Sala!
Escusavas de ler os Entremezes,[6]
Em que os sábios Poetas introduzem
Por interlocutores Chefes asnos.
Um pede, Doroteu, que lhe dispense

[6] *Entremezes*: no teatro, breves composições burlescas ou jocosas que servem de entreato.

Casar com uma irmã da sua amásia;
Pede outro, que lhe queime o mau processo,
Onde está criminoso, por ter feito
Cumprir exatamente um seu Despacho:
Diz este, que os herdeiros não lhe entregam
Os bens, que lhe deixou em testamento
Um filho de Noé. Aquele ralha
Contra os mortos Juízes, que lhe deram
Por empenhos, e peitas[7] as sentenças,
Em que toda a fazenda lhe tiraram:
Um quer, que o devedor lhe pague logo;
Outro para pagar pertende espera.
Todos enfim concluem que não podem
Demandas conservar, por serem pobres,
E grandes as despesas, que se fazem
Nas casas dos Letrados, e Cartórios.
Então o grande Chefe sem demora
Decide os casos todos, que lhe ocorrem,
Ou sejam de Moral, ou de Direito,
Ou pertençam também à Medicina,
Sem botar, (que ainda é mais), abaixo um livro
Da sua sempre virgem Livraria.
Lá vai uma sentença revogada,
Que já pudera ter cabelos brancos:
Lá se manda que entreguem os Ausentes
Os bens ao sucessor, que não lhes mostra
Sentença, que lhe julgue a grossa herança:
A muitos de palavra se decreta,
Que em pedir os seus bens não mais prossigam:
A outros se concedem em breves horas
Para pagarem somas, que não devem.
Ah tu, meu Sancho Pança, tu que foste

[7] *Peitas*: subornos.

Da Baratária[8] o Chefe, não lavraste
Uma só sentença tão discreta!
E que queres, Amigo, que suceda?
Esperavas acaso um bom Governo
Do nosso Fanfarrão? Tu não o viste
Em trajes de Casquilho nessa Corte?
E pode, meu Amigo, de um peralta
Formar-se de repente um homem sério?
Carece, Doroteu, qualquer Ministro
Apertados estudos, mil exames;
E pode ser o Chefe onipotente,
Quem não sabe escrever uma só regra,
Onde ao menos se encontre um nome certo?
Ungiu-se para Rei do povo eleito
A Saul,[9] o mais Santo, que Deus via;
Prevaricou Saul, prevaricaram
No governo dos povos outros Justos.
E há de bem governar remotas terras
Aquele que não deu em toda a vida
Um exemplo do amor à sã virtude?
As Letras, a Justiça, a Temperança,
Não são, não são morgados, que fizesse
A sábia Natureza para andarem
Por sucessão nos filhos dos Fidalgos.

*

Do cavalo Andaluz é sim provável
Nascer também um potro de esperança,

[8] *Baratária*: nome da "ilha" para a qual, em mais uma de suas alucinações, Dom Quixote nomeou Sancho Pança como governador.

[9] Primeiro rei de Israel, escolhido pelo próprio Deus e ungido pelo profeta Samuel, segundo a Bíblia (1Sm. 9, 1-31, 13).

Que tenha frente aberta, largos peitos,
Que tenha alegres olhos, e compridos,
Que seja enfim de mãos, e pés calçados;[10]
Porém de um bom ginete também pode
Um catralvo[11] nascer, nascer um zarco.[12]
Aquele mesmo potro, que tem todos
Os formosos sinais, que aponta o Rego,[13]
Carece, Doroteu, correr em roda
No grande picadeiro muitas vezes
Para um e outro lado. Necessita,
Que o destro picador lhe ponha a sela:
E que montando nele, pouco a pouco
O faça obedecer ao leve toque
Do duro cabeção,[14] da branda rédea.
Dos mesmos, Doroteu... Porém já toca
Ao almoço a garrida da Cadeia:
Vou ver, se dormir posso, enquanto duram
Estes breves instantes de sossego:
Que sem barriga farta, e sem descanso
Não se pode escrever tão longa história.

[10] *Calçados*: cavalo "calçado" é o que tem manchas brancas nas patas dianteiras ou traseiras.

[11] *Catralvo*: cavalo com as quatro patas brancas, desprestigiado entre os cavaleiros.

[12] *Zarco*: cavalo de olhos claros ou que tem mancha branca em torno de um ou dos dois olhos, desvalorizado entre os cavaleiros.

[13] *Rego*: referência a Antônio Pereira Rego, tratadista português do século XVII que escreveu a *Instrução da Cavalaria de Brida* [...] *com um* [...] *copioso tratado de alveitaria*. O livro tornou-se célebre em Portugal e Espanha e teve edições no século XVIII.

[14] *Cabeção*: espécie de cabresto usado sobretudo para domar cavalos.

CARTA 3ª

Em que se contam as injustiças, e violências, que Fanfarrão executou por causa de uma Cadeia, a que deu princípio

Que triste, Doroteu, se pôs a tarde!
Assopra o vento Sul, e densa nuvem
O horizonte cobre; a grossa chuva,
Caindo das biqueiras dos telhados,
Forma regatos, que os portais inundam:
Rompem os ares colubrinas fachas
De fogo devorante, e ao longe soa
De compridos trovões o baixo estrondo.
Agora, Doroteu, ninguém passeia;
Todos em casa estão, e todos buscam
Divertir a tristeza, que nos peitos
Infunde a tarde mais que a noite feia.
O velho Altimedonte certamente
Tem postas nos narizes as cangalhas,
E revolvendo os grandes, grossos livros,
C'os dedos inda sujos de tabaco
Ajunta ao mau processo muitas folhas
De vãs autoridades carregadas.
O nosso bom Dirceu talvez que esteja
Com os pés escondidos no capacho
Metido no capote a ler gostoso
O seu Virgílio, o seu Camões, e Tasso.
O terno Floridoro a estas horas
No mole espreguiceiro se reclina
A ver brincar alegres os filhinhos,
Um já montado na comprida cana,
E outro pendurado no pescoço
Da Mãe formosa, que risonho abraça:
O gordo Josefino está deitado,

Nada lhe importa, nem do mundo sabe;
Ao som do vento, dos trovões, e chuva,
Como em noite tranquila dorme, e ronca.
O nosso Damião enfim abana
Ao lento fogo, com que sábio tira
Os úteis sais da terra, e o teu Critilo,
Que não encontra aqui com quem murmure,
Quando só murmurar lhe pede o gênio,
Pega na pena, e desta sorte voa,
De cá tão longe a murmurar contigo.

*

Já disse, Doroteu, que o nosso Chefe
Apenas principia a governar-nos,
Nos pertende mostrar, que tem um peito
Muito mais terno, e brando, do que pedem
Os severos ofícios do seu Cargo.
Agora cuidarás, prezado Amigo,
Que as chaves das cadeias já não abrem,
Comidas de ferrugem? Que as algemas
Como trastes inúteis se furtaram?
Que o torpe executor das graves penas
Liberdade ganhou? Que já não temos
Descalços guardiães, que à fonte levem
Metidos nas correntes os forçados?
Assim, prezado Amigo, assim devia
Em Chile acontecer, se o nosso Chefe
Tivesse em governar algum sistema.
Mas, meu bom Doroteu, os homens néscios
Às folhas dos Olmeiros se comparam;
São como o leve fumo, que se move
Para partes diversas, mal os ventos
Começam a apontar de partes várias.
Ora pois, doce Amigo, atende o como
No seu contrário vício degenera

A falsa compaixão do nosso Chefe.
Qual sereno mar, que num instante
As ondas sobre as ondas encapela.

*

Pertende, Doroteu, o nosso Chefe
Erguer uma Cadeia majestosa,
Que possa escurecer a velha fama
Da Torre de Babel, e mais dos grandes
Custosos edifícios, que fizeram,
Para sepulcros seus os Reis do Egito.
Talvez, prezado Amigo, que imagine,
Que neste monumento se conserve
Eterna a sua glória; bem que os povos
Ingratos não consagrem ricos bustos,
Nem montadas estátuas ao seu nome.
Desiste, louco Chefe, dessa empresa;
Um soberbo edifício levantado
Sobre ossos de inocentes, construído
Com lágrimas dos pobres, nunca serve
De glórias ao seu autor, mas sim de opróbrio.
Desenha o nosso Chefe sobre a banca
Desta forte Cadeia o grande risco
À proporção do gênio, e não das forças
Da terra decadente, aonde habita.
Ora pois, doce Amigo, vou pintar-te
Ao menos o formoso frontispício:
Verás, se pede máquina tamanha
Humilde povoado, aonde os Grandes
Moram em casas de madeira a pique.

*

Em cima de espaçosa escadaria
Se forma do edifício a nobre entrada
Por dous soberbos arcos dividida:

Por fora destes arcos se levantam
Três Jônicas colunas, que se firmam
Sobre quadradas bases, e se adornam
De lindos capitéis aonde se assenta
Uma formosa regular varanda;
Seus balaústes são das alvas pedras,
Que brandos ferros cortam sem trabalho.
Debaixo da Cornija, ou projetura
Estão as Armas deste Reino abertas
No liso centro de vistosa tarja.
Do meio desta frente sobe a torre,
E pegam desta frente para os lados
Vistosas galerias de janelas,
A quem enfeitam as douradas grades.

*

E sabes, Doroteu, quem edifica
Esta grande Cadeia? Não, não sabes:
Pois ouve, que eu to digo: um pobre Chefe,
Que na Corte habitou em umas casas,
Em que já nem se abriam as janelas.
E sabes para quem? Também não sabes:
Pois eu também to digo: para uns negros,
Que vivem, (quando muito), em vis cabanas,
Fugidos dos Senhores lá nos matos.
Eis aqui, Doroteu, ao que se pode
Muito bem aplicar aquela mofa,
Que faz o nosso Mestre quando pinta
Um monstro meio peixe, e meio dama.[1]

[1] Referência aos versos 1-5 da "Epístola aos Pisões" — mais conhecida por "Arte poética" —, terceiro livro das *Epístolas* de Horácio, que destacam o ridículo da incoerência e da desarmonia na arte, exemplificando-o no pintor que retrata o busto de uma bela mulher com colo de cavalo, membros e penas de animais variados e cauda de peixe.

Na sábia proporção é que consiste
A boa perfeição das nossas obras.
Não pede, Doroteu, a pobre Aldeia
Os soberbos Palácios, nem a Corte
Pode também sofrer as toscas choças.

*

Para haver de suprir o nosso Chefe
Das obras meditadas as despesas,
Consome do Senado os rendimentos,
E passa a maltratar o triste povo
Com estas nunca usadas violências.
Quer cópia de forçados, que trabalhem
Sem outro algum jornal, mais que o sustento,
E manda a um bom Cabo, que lhe traga
A quantos Quilombolas se apanharem,
Em duras gargalheiras. Voa o Cabo:
Agarra a um, e outro, e num instante
Enche a Cadeia de alentados negros.
Não se contenta o Cabo com trazer-lhe
Os negros, que têm culpas: prende, e manda
Também nas grandes levas os escravos,
Que não têm mais delitos, que fugirem
Às fomes, e aos castigos, que padecem
No poder de Senhores desumanos.
Ao bando dos cativos se acrescentam
Muitos pretos já livres, e outros homens
Da raça do País, e da Europeia,
Que diz ao grande Chefe, são vadios,
Que perturbam dos pobres o sossego.

*

Não há, meu Doroteu, quem não se molde
Aos gestos, e aos costumes dos maiores.

Brincando os inocentes os imitam.
Se as tropas se exercitam, eles fingem
As hórridas batalhas. Se se fazem
Devotas Procissões, também carregam
Aos ombros os Andores, e as charolas.[2]
Os mesmos Magistrados se revestem
Do gênio, e das paixões de quem governa.
Se o Rei é piedoso, são benignos
Os severos Ministros: se é tirano,
Mostram os pios corações de feras.
Por isso, Doroteu, um Chefe indigno
É muito, e muito mau, porque ele pode
A virtude estragar de um vasto Império.

*

Os nossos Comandantes, que conhecem
A vontade do Chefe, também querem
Imitar deste Cabo o ardente zelo:
Enviam para as pedras os vadios,
Que na forma das ordens mandar devem
Habitar em desterro novas terras.
Ora pois, doce Amigo, já que falo
Nos nossos Comandantes, será justo,
Que te dê destes bichos uma ideia.

*

A gente, Doroteu, que não se alista
Nas Tropas regulares,[3] forma corpos

[2] *Charolas*: andores para imagens religiosas, geralmente usados em procissões.

[3] *Tropas regulares* (ou de primeira linha): na organização militar da colônia, tropas formadas por oficiais pagos, em sua maioria vindos de Portugal, organizadas em terços correspondentes às comarcas das capitanias, abrangendo dez companhias de 250 soldados, divididos em dez esquadras de 25 homens.

De bisonha Ordenança.[4] Não há terra,
Sem ter um Corpo destes. Os seus Chefes
Ao Capitão Maior estão sujeitos,
E são os que se chamam Comandantes,
Porque as partes comandam destes Terços.
Estes famosos Chefes quase sempre
Da classe dos Tendeiros[5] são tirados:
Alguns, inda depois de grandes homens,
Se lhe faltam os negros, a quem deixam
O governo das vendas, não entendem,
Que infamam as bengalas, quando pesam
A libra de toucinho, e quando medem
O frasco de cachaça. Agora atende,
Verás, que desta escória se levanta
De Magistrados uma nova classe.

*

Aos ricos Taverneiros, disfarçados
Em ar de Comandantes, manda o Chefe,
Que tratem da Polícia, e que não deixem
Viver nos seus Distritos as pessoas,
Que forem revoltosas. Quer que façam
A todos os vadios uns sumários,
E que sem mais processos os remetam
Para remotas partes, sem que destas
Jurídicas sentenças se faculte
Algum recurso para mor Alçada.
Já viste, Doroteu, um tal desmancho?
As santas Leis do Reino não concedem

[4] *Ordenança*: referência aos "corpos de ordenanças", tropas não remuneradas formadas pela população da colônia e encarregadas de manter a ordem interna das capitanias.

[5] *Tendeiros*: que vendem em ou são donos de "tendas" (pequenas mercearias ou oficinas).

Ao Magistrado Régio, que execute
No crime o seu julgado, e o nosso Chefe
Quer, que deem as sentenças sem apelo
Incultos Comandantes, que nem sabem
Fazer um bom diário do que vendem!
Concedo, caro Amigo, que estes homens
São uns grandes Consultos, que meteram
Os corpos do Direito nos seus cascos:
Ainda assim, pergunto: e como pode
O Chefe conceder-lhes esta Alçada?
Ignora a Lei do Reino, que numera
Entre os Direitos próprios dos Augustos
A criação de novos Magistrados?
O grande Salomão lamenta o povo,
Que sobre o Trono tem um Rei menino:[6]
Eu lamento a Conquista, a quem governa
Um Chefe tão soberbo, e tão estulto,
Que tendo já na testa brancas repas,[7]
Não sabe ainda que nasceu Vassalo.

*

Os néscios Comandantes, e o bom Cabo,
Que fez o nosso Herói geral Meirinho,
Remetem nas correntes povo imenso.
Parece, Doroteu, que temos guerras;
Que para recrutar as Companhias,
De toda a parte vêm chorosas levas.
Aqui, prezado Amigo, principia
Esta triste tragédia: sim prepara,
Prepara o branco lenço, pois não podes

[6] Referência à passagem da Bíblia (1Rs. 3, 7) em que Salomão, em sonho, diz a Deus ser jovem e inexperiente para reinar.

[7] *Repas*: mechas de cabelo.

Ouvir o resto, sem banhar o rosto
Com grossos rios de salgado pranto.
Nas levas, Doroteu, não vêm somente
Os culpados vadios; vem aquele,
Que a dívida pediu ao Comandante;
Vem aquele, que pôs impuros olhos
Na sua mocetona: e vem o pobre,
Que não quis emprestar-lhe algum negrinho,
Para lhe ir trabalhar na roça, ou lavra.

*

Estes tristes, mal chegam, são julgados
Pelo benigno Chefe a cem açoites.
Tu sabes, Doroteu, que as Leis do Reino
Só mandam, que se açoitem com a sola,[8]
Aqueles agressores, que estiverem
Nos crimes quase iguais aos réus de morte:
Tu também não ignoras, que os açoites
Só se dão por desprezo nas espáduas;
Que açoitar, Doroteu, em outra parte,
Só pertence aos Senhores, quando punem
Os caseiros delitos dos escravos.
Pois todo este Direito se pretere:
No Pelourinho a escada já se assenta,
Já se ligam dos Réus os pés, e os braços;
Já se descem calções, e se levantam
Das imundas camisas rotas fraldas;
Já pegam dous verdugos nos zorragues;[9]
Já descarregam golpes desumanos;
Já soam os gemidos, e respigam

[8] *Sola*: couro de boi curtido. No poema, trata-se de uma metáfora para chicote ou relho.

[9] *Zorragues*: variante plural de "azorrague", açoite de uma ou várias cordas trançadas atadas a um bastão.

Miúdas gotas de pisado sangue.
Uns gritam que são livres: outros clamam,
Que as sábias Leis do Rei os julgam brancos:
Este diz, que não tem algum delito,
Que tal vigor mereça; aquele pede
Do injusto acusador ao Céu vingança.
Não afroxam os braços dos verdugos:
Mas antes com tais queixas se duplica
A raiva dos tiranos; qual o fogo,
Que aos assopros dos ventos ergue a chama.
Às vezes, Doroteu, se perde a conta
Dos cem açoites, que no meio estava:
Mas outra nova conta se começa.
Os pobres miseráveis já nem gritam.
Cansados de gritar, apenas soltam
Alguns fracos suspiros, que enternecem.
Que é isso, Doroteu? Tu já retiras
Os olhos do papel? Tu já desmaias?
Já sentes as moções, que alheios males
Costumam infundir nas almas ternas?
Pois és, prezado Amigo, muito fraco;
Aprende a ter o valor do nosso Chefe,
Que à janela se pôs, e a tudo assiste,
Sem voltar o semblante para a ilharga;
E pode ser, Amigo, que não tenha
Esforço para ver correr o sangue,
Que em defesa do Trono se derrama.

*

Aos pobres açoitados manda o Chefe,
Que presos nas correntes dos forçados
Vão juntos trabalhar. Então se entregam
Ao famoso Tenente, que os governa,
Como sábio Inspetor das grandes obras.
Aqui, prezado Amigo, principiam

Os seus duros trabalhos. Eu quisera
Contar-te o que eles sofrem nesta Carta;
Mas tu, prezado Amigo, tens o peito
Dos males, que já leste, magoado;
Por isso é justo, que suspenda a história
Enquanto o tempo não te cura a chaga.

CARTA 4ª

Em que se continua a mesma matéria

Maldito, Doroteu, maldito seja
O vício de um Poeta, que tomando
Entre dentes alguém, enquanto encontra
Matéria, em que discorra, não descansa.
Agora, Doroteu, mandou dizer-me
O nosso Amigo Alceu, que me embrulhasse
No pardo casacão, ou no capote,
E que pondo o casquete na cabeça
Fosse ao sítio Covão jantar com ele.
Eu bem sei, Doroteu, que tinha sopa
Com ave, e com presuntos, sei, que tinha
De mamota[1] vitela um gordo quarto;
Que tinha fricassês,[2] que tinha massas,
Bom vinho das Canárias, finos doces,
E de mimosas frutas muitos pratos:
Porém, que me importa, Amigo, perdi tudo,
Só para te escrever mais uma carta.
Maldito, Doroteu, maldito seja
O vício de um Poeta, pois o priva
De encher o seu bandulho[3] pelo gosto
De fazer quatro versos, que bem podem
Ganhar-lhe uma maçada, que só serve
De dano ao corpo, sem proveito d'alma.

*

[1] *Mamota*: que ainda mama.

[2] *Fricassês*: guisados de carne, aves ou peixe cortados em pedaços, com vários temperos, gema de ovo batida e salsa picada.

[3] *Bandulho*: pança, barriga.

A Carta, Doroteu, a longa Carta,
Que descreve a Cadeia, finaliza
No ponto de que os presos se remetem
Ao severo Tenente, que preside,
Como sábio Inspetor, às grandes obras.
Agora prossigamos nesta história,
E demos-lhe o princípio por tirarmos
Ao famoso Inspetor, ao grão Tenente,
Com cores delicadas, uma cópia.

*

É de marca maior que a mediana,
Mas não passa a Gigante: tem uns ombros,
Que o pescoço algum tanto lhe sufocam.
O seu cachaço[4] é gordo, o ventre inchado,
A cara circular, os olhos fundos,
De gênio soberbão, grosseiro trato,
Assopra de contínuo, e muito fala,
Preza-se de Fidalgo, e não se lembra,
Que seu pai foi um pobre, que vivia
De cobrar dos Contratos os dinheiros,
De que ficou devendo grandes somas,
Sinal de que ele foi um bom velhaco.
O filho, Doroteu, tomou-lhe as manhas;
Era um triste pingante,[5] que só tinha
O seu pequeno soldo; agora veio
Para Inspetor das obras, e já ronca,[6]
Já empresta dinheiros, já tem casas,
Já tem trastes de custo, e ricos móveis;
Mas logo, Doroteu, verás o como.

[4] *Cachaço*: pescoço grosso.
[5] *Pingante*: pobre.
[6] *Ronca*: jacta-se, diz fanfarronadas, bravatas.

*

Mal o duro Inspetor recebe os presos,
Vão todos para as obras; alguns abrem
Os fundos alicerces; outros quebram
Com ferros, e com fogo as pedras grossas.
Aqui, prezado Amigo, não se atende
Às forças, nem aos anos. Mão robusta
De atrevido soldado move o relho,
Que a todos igualmente faz ligeiros.
Aqui se não concede de descanso
Aquele mesmo dia, o grande dia,
Em que Deus descansou, e em que nos manda,
Façamos obras santas, sem que demos
Aos jumentos, e bois algum trabalho.
Tu sabes, Doroteu, que um tal serviço
Por uma civil morte se reputa.
Que peito, Doroteu, que duro peito
Não deve ter um Chefe, que atormenta
A tantos inocentes por capricho?
Que se arrisque o Vassalo na Campanha,
É uma justa ação, que a Pátria exige:
Nem este grande risco nos estraga
O pundonor, que vale mais que a vida;
Antes nos abre as portas para entrarmos
No templo do heroísmo: sim nós temos,
Nós temos mil exemplos; muitos, muitos,
Que há séculos morreram pela pátria,
Na memória dos homens inda vivem.
Mas arriscar Vassalos inocentes
Às pedras, que se soltam dos guindastes,
E aos montes de piçarra,[7] que desabam
Nos fundos alicerces, sem vencerem

[7] *Piçarra*: cascalho.

Nem como jornaleiros tênue paga;
Pô-los ainda em cima na figura
Dos indignos Vassalos, que se julgam
Em pena dos delitos, como escravos;
Isto só para erguer-se uma obra grande,
Que outra pequena supre! É mais que injusto;
É uma das ações, que só praticam
Aqueles torpes monstros, que nasceram
Para serem na terra o mal de muitos.

*

Dirás tu, Doroteu, que o nosso Chefe
Não quer, que os inocentes se maltratem;
Que o fero Comandante é que abusa
Dos poderes, que tem. Prezado Amigo,
Quem ama a sã verdade, busca os meios
De a poder descobrir, e o nosso Chefe
Despreza os meios de poder achá-la.
Qu'é deles os processos, que nos mostram
A certeza dos crimes? Quais dos presos
Os Libelos das culpas contestaram?
Quais foram os Juízes, que inquiriram
Por parte da defesa, e quais Patronos
Disseram de Direito sobre os fatos?
A santa Lei do Reino não consente
Punir-se, Doroteu, aquele monstro,
Que é réu de Majestade, sem defesa.
E podem ser punidos os Vassalos
Por aéreos insultos, sem se ouvirem,
E sem outro processo mais que o dito
De um simples Comandante vil, e néscio?
Um louco, Doroteu, faz mais ainda
Do que nunca fizeram os Monarcas:
Faz mais que o próprio Deus, que Deus, querendo
Punir em nossos Pais a culpa grave,

Primeiro lhes pediu, que lhe dissessem,
Qual foi de seu delito a torpe causa.

*

Passam, prezado Amigo, de quinhentos
Os presos, que se ajuntam na Cadeia.
Uns dormem encolhidos sobre a terra,
Mal cobertos dos trapos, que molharam
De dia no trabalho: os outros ficam
Ainda mal sentados, e descansam
As pesadas cabeças sobre os braços
Em cima dos joelhos encruzados.
O calor da estação, e os maus vapores,
Que tantos corpos lançam, mui bem podem
Empestar, Doroteu, extensos ares.
A pálida doença aqui bafeja,
Batendo brandamente as negras asas.
Aquele, Doroteu, a quem penetra
Este hálito mortal, as forças perde;
Tem dores de cabeça, e num instante
Abrasa-se em calor, de frio treme:
Fazem os seus deveres os afetos
Do nosso grão Tenente, amor e ódio;
Aquele, que risonho lhe trabalha
Nas suas próprias obras, é mandado
Curar-se à Santa Casa, como pobre.
Os outros são tratados como servos,
Que fogem ao trabalho dos senhores:
Para as correntes vão; arrancam pedra;
E quando algum fraqueia, o mau soldado
Dá-lhe um berro, que atroa, a mão levanta,
E nas costas o relho descarrega.

*

Ah tu, Piedade Santa, agora, agora
Os teus ouvidos tapa, e fecha os olhos;
Ou foge de uma terra, aonde um Nero,
Aonde os seus sequazes, cada dia
Para o pranto te dão motivos novos!
O fogo, Doroteu, que vai moendo,
Depois de bem moer, a chama ateia,
E a matéria consome em breve instante.
Assim a podre febre que roía
Aos míseros enfermos, pouco a pouco
Erguendo, qual o fogo, a lavareda,
À força do cansaço, que resulta
Do trabalho, e do Sol, consome, e mata.
Uns caem com os pesos, que carregam,
E das obras os tiram pios braços
Dos tristes companheiros; outros ficam
Ali nas mesmas obras estirados.
Acodem mãos piedosas: qual trabalha,
Por ver se pode abrir as grossas pegas;[8]
E qual o copo de água lhes ministra,
Que fechados os dentes já não bebem.
Uns as caras borrifam, outros tomam
Os débeis pulsos, que parando fogem.
Ah! Não mais compaixão! não mais desvelo!
O socorro chegou; mas foi mui tarde:
Cobrem-se os membros de um suor já frio;
Os cheios peitos arquejando roncam,
E vertem umas lágrimas sentidas,
Que só lhes descem dos esquerdos olhos;
Amarela-se a cor, baceia a vista,
O semblante se afila, o queixo afroxa,
Os gestos, e os arrancos se suspendem;

[8] *Pegas*: espécie de algema, geralmente usada nos escravos fugitivos, que prendia pela perna e a ligava à de outra pessoa.

Nenhum mais bole; nenhum mais respira.
Assim, meu Doroteu, sem um remédio,
Sem fazerem despesa em um só caldo,
Sem sábio Diretor, sem Sacramentos,
Sem a vela na mão, na dura terra
Estes pobres acabam seus trabalhos.
Que esperas, duro Chefe, que não contas
À Corte os seus triunfos! Tu não podes
Mandar alqueires dos anéis tirados
Dos dedos, que cortaste nas campanhas:
Mas de algemas, de pegas, e correntes
Podes mandar à Corte imensos carros.
Tu podes... mas, Amigo, não gastemos
Todo o tempo em contar sentidas cousas;
Façamos menos triste a nossa história;
Misturemos os casos, que magoam
Com sucessos, que sejam menos fortes.

*

Não bastam, Doroteu, galés imensas,
São outros mais socorros necessários,
Para crescerem as soberbas obras.
Ordena o grande Chefe, que os Roceiros,
E outros quaisquer homens, que tiverem
Alguns bois de serviço, prontos mandem
Os bois, e mais os negros, que os governem,
Durante uma semana de trabalho:
Ordena ainda mais, que neste tempo
Não recebam jornal; antes que tragam
O milho para os bois dos seus celeiros.
Que é isso, Doroteu, abriste a boca?
Ficaste embasbacado? Não supunhas,
Que o nosso grande Chefe se saísse
Com uma tão formosa providência?
Nisto de economia é ele o Mestre;

Está para compor uma obra, aonde
Quer o modo ensinar de não gastarem
As Tropas cousa alguma no sustento.
Deus o deixe viver até que chegue
A pô-la, Doroteu, no mesmo estado,
Em que estão os volumes, onde existem
Os Despachos, que deu no seu Governo.
Ora ouve ainda mais: atende, e pasma.

*

Para se sustentarem os forçados,
Os gêneros se compram com bilhetes,
Que paga o Tesoureiro, quando pode;
E sobre esta fiança ainda se tomam
Por muito menos preço, do que correm.
As tropas, que carregam mantimentos,
Apenas descarregam, vão de graça,
À distante Caieira[9] com soldados
Buscar queimada pedra. Daqui nasce
Os tropeiros fugirem, e chorarmos
A grande carestia do sustento.
Responde, louco Chefe, se tu podes
Tais violências fazer; não era menos
Lançares sobre os povos um tributo?
Os homens, que têm carros, e os que vivem
De víveres venderem, são acaso
Aos mais inferiores nos direitos?
Esta Cadeia é sua, por que deva
Sobre eles carregar tamanho peso?
E o povo, quando compra tudo caro,
Não paga ainda mais, do que pagara,
Se um módico tributo se lançasse,

[9] *Caieira*: fogueira para a queima de tijolos de barro.

À proporção dos bens de cada membro?
Amigo Doroteu, quem rege os povos,
Deve ler de contínuo os doutos Livros;
E deve só tratar com sábios homens.
Aquele, que consome as largas horas
Em falar com os néscios, e peraltas,
Em meter entre as pernas os perfumes,
Em concertar as pontas dos lencinhos,
Não nasceu para cousas que são grandes;
Que nestas bagatelas não consomem
O tempo proveitoso as nobres almas.

*

Quem não quer, Doroteu, mandar o carro,
C'o famoso Tenente se concerta;
Onde vai tal dinheiro, ninguém sabe;
Só sabemos mui bem, que o bom Tenente,
Sem ter outro negócio, que lhe renda,
De pingante passou a potentado.
Sabemos também mais... porém, Amigo,
O falar nestas cousas já me enfada.
Omito outros sucessos, que lastimam,
E fecho, Doroteu, a minha Carta
Com um maravilhoso estranho caso.
Distante nove léguas desta terra
Há uma grande Ermida, que se chama
Senhor de Matosinhos: este Templo
Os devotos fiéis a si convoca
Por sua arquitetura, pelo sítio,
E ainda muito mais pelos prodígios,
Com que Deus enobrece a Santa Imagem.
Este famoso Templo tem um carro,
Comprado com esmolas, que carrega
As pedras e madeiras, que ainda faltam:
O Comandante austero notifica

À veneranda Imagem, na pessoa
Do zeloso Ermitão, para que mande
O carro com os bois servir nas obras,
Mal lhe couber o turno da semana.
Faz-se uma petição ao nosso Chefe
Em nome do Senhor; aqui se alega,
Que o carro, que ele tem, se ocupa ainda
Na pia construção da sua Casa;
Que ele Cristo não tem nenhumas rendas,
Senão esmolas tênues, que só devem
Gastar-se no seu Templo, e no seu Culto
Conforme as intenções de quem as pede.
Apenas viu o Chefe o peditório,
Quis ao Cristo mandar, que lhe ajuntasse
O título, que tinha, por que estava
Isento de pagar os seus impostos:
Que ele sabe mui bem, que o mesmo Cristo
Mandou ao velho Pedro, que pagasse
Ao César os tributos em seu nome.
E Cristo, figurado em uma Imagem,
Não tem mais isenções, que teve o próprio.
Pegava o seu Matúsio já na pena,
Quando lembra ao bom Chefe, o que decretam
Os Cânones da Igreja, que concedem,
Que para se fazerem obras pias,
Até os sacros Vasos se alienem.
Infere daqui logo, que este carro
Não goza de isenção; porque suposto
Se possa numerar nos bens da Igreja
Conforme as Decretais, até podia
Neste caso vender-se, por ser obra
Mais pia, do que todas, a Cadeia.
Lança mão ele então da pena,
E põe na petição um "Escusado"
Com uns rabiscos tais, que ninguém sabe
Ao menos conhecer-lhe uma só letra.

Agora dirás tu: “Meu bom Critilo,
Não se isentar a Cristo desse imposto,
Foi um grande tesão;[10] mas necessário,
Por não se abrir a porta a maus exemplos:
Antes o Santo Cristo é que devia
Mandar o carro logo, como Mestre
Da sublime Virtude: e desta sorte
Obrou o mesmo Cristo em outro tempo.
Mandando, que pagasse Pedro ao César
O tributo por ele, quando estava,
Por um dos filhos ser, mui bem isento.
Mas se esse Santo Cristo não podia
Por dias disfarçar os bois, e carro,
Por que não se valeu do tal Matúsio,
Do Poeta Robério, e de outros trastes,
Por quem aqui se conta, que pratica
O grande Fanfarrão os seus milagres?”
Tu instas, Doroteu, qual o Mestraço
Quando por defender a sua escola,
Arregaçando o braço, o pé batendo,
E enchendo as cordoveias,[11] grita, e ralha.
Mas eu, prezado Amigo, com bem pouco
Te boto esse argumento todo abaixo.
Em primeiro lugar o Santo Cristo
É homem muito sério, e por ser sério,
Não tem com esta gente um leve trato:
Em segundo lugar é muito pobre,
Só dá aos seus devotos Indulgências
Com anos de perdão, e destas drogas
Não fazem tais validos nenhum caso.

*

[10] *Tesão*: ousadia, ímpeto, valentia.
[11] *Cordoveias*: veias e tendões do pescoço.

Ora, pois, louco Chefe, vai seguindo
A tua pertenção: trabalha, e força
Por fazer imortal a tua fama;
Levanta um edifício em tudo grande;
Um soberbo edifício, que desperte
A dura emulação na própria Roma.
Em cima das janelas, e das portas
Põe sábias inscrições, põe grandes bustos;
Que eu lhes porei por baixo, os tristes nomes
Dos pobres inocentes, que gemeram
Ao peso dos grilhões; porei os ossos
Daqueles, que os seus dias acabaram
Sem Cristo, e sem remédios no trabalho.
E nós, indigno Chefe, e nós veremos,
A quais destes padrões não gasta o tempo.

CARTA 5ª

Em que se contam as desordens feitas nas festas, que se celebraram nos desposórios de nosso Sereníssimo Infante com a Sereníssima Infanta de Portugal

Tu já tens, Doroteu, ouvido histórias,
Que podem comover a triste pranto
Os secos olhos dos cruéis Ulisses.[1]
Agora, Doroteu, enxuga o rosto,
Que eu passo a relatar-te cousas lindas.
Ouvirás uns sucessos, que te obriguem
A soltar gargalhadas descompostas,
Por mais que a boca com a mão apertes,
Por mais que os beiços já convulsos mordas.
Eu creio, Doroteu... Porém, aonde
Me leva tão errado, o meu discurso?
Não esperes, Amigo, não esperes
Por mais galantes casos, que te conte,
Mostrar no teu semblante um ar de riso.
Os grandes desconcertos, que executam
Os homens, que governam, só motivam
Na pessoa composta horror, e tédio.
Quem pode, Doroteu, zombar contente
Do César dos Romanos, que gastava
As horas em caçar imundas moscas?
Apenas isto lemos, o discurso
Se aflige na certeza, de que um César
De espíritos tão baixos não podia
Obrar um fato bom no seu governo.

[1] *Ulisses* (mitologia grega): nome latino de Odisseus, herói do poema *Odisseia*, de Homero, caracterizado como guerreiro prudente, corajoso, hábil, sempre capaz de escapar das dificuldades e superior a todos pela inteligência.

Não esperes, Amigo, não esperes
Mostrar no teu semblante um ar de riso;
Espera, quando muito, ler meus versos,
Sem que molhe o papel amargo pranto,
Sem que rompam a leitura alguns suspiros.

*

Chegou à nossa Chile a doce nova,
De que Real Infante recebera
Bem digna de seu leito Casta Esposa;
Reveste-se o Baxá[2] de um gênio alegre,
E para bem fartar os seus desejos,
Quer que as despesas do Senado, e povo
Arda em grandes festins a terra toda.
Escreve-se ao Senado extensa Carta
Em ar de Majestade, em frase Moura;[3]
E nela se lhe ordena, que prepare
Ao gosto das Espanhas bravos touros.
Ordena-se também, que nos teatros
Os três mais belos Dramas se estropiem,
Repetidos por bocas de mulatos.
Não esquecem enfim as Cavalhadas:
Só fica, Doroteu, no livre-arbítrio
Dos pobres Camaristas repartirem
Bilhetes de convite pelas Damas.
Amigo Doroteu, ah! tu não podes
Pesar o desconcerto desta Carta,
Enquanto não souberes a Lei própria,
Que aos festejos Reais prescreve a norma.

*

[2] *Baxá*: o mesmo que "paxá".

[3] *Frase Moura*: provável sinônimo de algaravia (linguagem obscura, confusa, atrapalhada).

Enquanto, Doroteu, a nossa Chile
Em toda a parte tinha à flor da terra
Extensas, e abundantes minas de oiro;
Enquanto os Taberneiros ajuntavam
Imenso cabedal em poucos anos,
Sem terem nas Tabernas fedorentas
Outros mais sortimentos, que não fossem
Os queijos, a cachaça, e o negro fumo,
E sobre as parteleiras poucos frascos;
Enquanto enfim as negras quitandeiras
À custa dos Amigos só trajavam
Vermelhas capas de galões cobertas,
De galacês, e tissos, ricas saias:[4]
Então, prezado Amigo, em qualquer festa
Tirava liberal o bom Senado
Dos cofres chapeados grossas barras.
Chegaram tais despesas à notícia
Do Rei prudente, que a virtude preza;
E vendo, que estas rendas gastavam
Em touros, Cavalhadas, e Comédias,
Aplicar-se podendo a cousas santas;
Ordena providente, que os Senados
Nos dias, em que devem mostrar gosto
Pelas Reais fortunas, se moderem,
E só façam cantar no Templo os Hinos,
Com que se dão aos Céus as justas graças.

*

Ah! meu bom Doroteu, que feliz fora
Esta vasta Conquista, se os seus Chefes
Com as Leis dos Monarcas se ajustaram!
Mas alguns não presumem ser vassalos;

[4] *Galacês*: galões estreitos; *tissos*: de "tisso", tecido leve e ralo.

Só julgam, que os Decretos dos Augustos
Têm força de Decretos, quando ligam
Os braços dos mais homens, que eles mandam;
Mas nunca, quando ligam os seus braços.

*

Com esta sábia Lei replica o Corpo
Dos pobres Senadores, e pondera,
Que o severo Juiz, que as contas toma,
Lhes não há de aprovar tão grandes gastos.
Da sorte, Doroteu, que o bravo potro,
Quando a sela recebe a vez primeira,
Enquanto não sacode a sela fora,
E faz em dois pedaços cilha, e rédea,
Mete entre os duros braços a cabeça,
E dá, saltando aos ares, mil corcovos:
Assim o irado Chefe não atura
O freio desta Lei; espuma e brama,
Arrepela o cabelo, a barba torce,
E enquanto entende, que o Senado zele
Mais as Leis, que o seu gosto, não descansa.
Aos tristes Senadores não responde,
Mas manda-lhes dizer, que a não fazerem
Os pomposos festejos, se preparem
Para serem os guardas dos forçados,
Trocando as varas em chicote, e relho.

*

Já viste, Doroteu, que o grande Chefe,
O defensor das Leis, o mesmo seja,
Que insulte, que ameace ao bom Vassalo,
Que intenta obedecer ao seu Monarca?

Pois inda, Doroteu, não viste nada.
Um monstro, um monstro destes não conhece,
Que exista algum maior, que ousado possa
Ou na terra, ou no Céu tomar-lhe conta.
Infeliz, Doroteu, de quem habita
Conquistas do seu dono tão remotas!
Aqui o povo geme, e os seus gemidos
Não podem, Doroteu, chegar ao Trono;
E se chegam, sucede quase sempre
O mesmo, que sucede nas tormentas
Aonde o leve barco se soçobra,
Aonde a grande Nau resiste ao vento.

*

Que peito, Doroteu, que peito pode
Constante persistir nos sãos projetos,
Ouvindo as ameaças do Tirano,
E junto já de si o som dos ferros!
Somente, Doroteu, os homens santos,
Que a sua Lei defendem, veem os potros,
Veem cruzes, cadafalsos, e cutelos
Com rosto sossegado. Os outros homens
Não podem, Doroteu, não podem tanto.

*

À força do temor o bom Senado
Constância já não tem; afroxa, e cede.
Somente se disputa sobre o modo
De ajuntar-se o dinheiro, com que possa
Suprir tamanho gasto o grande Alberga.
Uns dizem, que das rendas do Senado
Tiradas às despesas, nada sobra.

Os outros acrescentam, que se devem
Parcelas numerosas impagáveis
Às consternadas amas dos expostos.[5]
Uns ralham, outros ralham; mas que importa?
Todos arbítrios dão, nenhum acerta.
Então o grande Alberga, que preside,
Vendo esta confusão, na Mesa bate,
E levantando a voz pausada, e forte,
A importante questão assim decide:
"Há dinheiro, Senhores, há dinheiro;
Vendam-se os castiçais, tinteiros, e bancos,
Venda-se o próprio pano, e mesa velha;
Quando isto não baste, há bom remédio;
As fazendas se tomem, não se paguem;
Eu vos dou, Cidadãos, o meu exemplo".

*

Intentam replicar-lhe os Camaristas,
A tão baixos calotes nunca afeitos.
Mas ele, que não sofre mais instâncias,
As grossas sobrancelhas arqueando,
Desta sorte prossegue em tom azedo:
"Se os meus santos conselhos se desprezam,
Depressa vou dar parte ao nosso Chefe.
Ah! pobres Cidadãos, se assim o faço!
Já se me representa, que vos sinto
Gemer debaixo dos pesados ferros".
Só tu, maroto Alberga, só tu podes
Desta sorte falar aos teus colegas!
Que importa, que os acuses, e que importa,

[5] *Expostos*: enjeitados, crianças abandonadas às portas das famílias ou de instituições de caridade.

Que os prenda com grilhões o duro Chefe?
São ferros estes, ferros muito honrados;
Que a honra só consiste na inocência.

*

Apenas, Doroteu, o vil Alberga
Fala em queixa fazer ao nosso Chefe,
De susto os Camaristas nem respiram;
Quais chorosos meninos, que emudecem,
Quando as amas lhes dizem: “Cala, cala,
Que lá vem o tutu, que papa gente!”.

*

Mandam-se apregoar as grandes festas:
Acompanha ao pregão luzida tropa
De velhos Senadores: estes trajam
Ao modo cortesão, chapéus de plumas,
Capas com bandas de vistosas sedas.

*

Chega enfim o dia suspirado,
O dia do festejo: todos correm
Com rostos de alegria ao santo Templo:
Celebra o velho Bispo a grande Missa;
Porém o sábio Chefe não lhe assiste
Debaixo do espaldar ao lado esquerdo;
Para a tribuna sobe, e ali se assenta.
Uns dizem, Doroteu, fugiu prudente,
Por não ver assentados os Padrecos
Na Capela maior acima dele.
Os outros Sabichões, que a causa indagam,

Discorrem, que o Senado lhe devia
Erguer no Presbitério,[6] docel branco,
Em honra dele ser Lugar-Tenente.
Mas eu com estes votos não concordo,
E julgo afoito, que a razão foi esta:
Porque estando patente, e tendo posto
O seu chapéu em cima da cadeira,
Pudera duvidar-se, se devia
O Bispo ter a Mitra na Cabeça.

*

Acaba-se a função: e o nosso Chefe
A casa com o Bispo se recolhe;
A nobreza da terra os acompanha,
Até que montam a dourada sege.
Aqui, meu Doroteu, o Chefe mostra
O seu desembaraço, e o seu talento!
Só numa função destas se conhece
Quem tem andado terras, aonde habitam
Despidas de abusos sábias gentes!
Vai passando por todos, sem que abaixe
A emproada cabeça, qual Mandante,
Que passa pelo meio das fileiras.
Chega junto da sege, à sege sobe,
E da parte direita toma assento.
O Bispo, o velho Bispo, atrás caminha
Em ar de quem se tem da desfeita:
Com passos vagarosos chega à sege;
Encaixa na estribeira o pé cansado,
E duas vezes, por subir forceja.
Acodem alguns Padres respeitosos;
E por baixo dos braços o sustentam:

[6] *Presbitério*: nas igrejas, capela-mor onde os presbíteros assistem aos cultos.

Então com mais alento o corpo move,
Dá o terceiro arranco, o salto vence,
E sem poder soltar uma palavra,
Ora vermelho, ora amarelo fica
Do nosso Fanfarrão ao lado esquerdo.
Agora dirás tu: "Que bruto é esse?
Pode haver um tal homem, que se atreva
A pôr na sua sege ao seu Prelado
Da parte da boleia? Eu tal não creio".
Amigo Doroteu, estás mui ginja;[7]
Já lá vão os rançosos formulários,
Que guardavam à risca os nossos velhos:
Em outro tempo, Amigo, os homens sérios
Na rua não andavam sem florete;
Traziam cabeleira grande, e branca,
Nas mãos os seus chapéus; agora, Amigo,
Os nossos próprios Becas[8] têm cabelo;
Os grandes sem florete vão à Missa,
Com a chibata na mão, chapéu fincado,
Na forma, em que passeiam os Caixeiros.
Ninguém antigamente se sentava
Senão direito, e grave nas cadeiras;
Agora as mesmas Damas atravessam
As pernas sobre as pernas. Noutro tempo
Ninguém se retirava dos Amigos
Sem que dissesse adeus: agora é moda
Sairmos dos congressos em segredo.
Pois corre, Doroteu, a paridade,
Que os costumes se mudam com os tempos.
Se os antigos Fidalgos sempre davam
O seu direito lado a qualquer Padre,
Acabou-se esta moda: o nosso Chefe

[7] *Ginja*: homem velho que segue os princípios e costumes antigos.
[8] *Becas*: magistrados.

Vindica os seus direitos: vê, que o Bispo
É um Grande, que foi, há pouco, Frade,
E não pode ombrear com quem descende
De um bravo Patagão, que sem desculpa
Lá nos tempos de Adão já era grande.

*

Na tarde, Doroteu, do mesmo dia
Sai uma Procissão de poucos negros,
E Padres revestidos só composta;
Que os brancos, e os mulatos se ocupavam
Em guarnecer as ruas; pois que todos
Ocupados estão nas Régias Tropas.
Caminha o nosso Chefe todo Adônis[9]
Diante da Bandeira do Senado;
Alguns dos Rigoristas não lho aprovam,
Dizendo, que devia respeitoso,
Da maneira, que sempre praticaram
Os seus Antecessores, ir ao lado,
Por ser esta Bandeira um Estandarte,
Onde tremulam do seu Reino as Armas.
Mas eu o não censuro, antes lhe louvo
A prudência, que teve; pois supunha,
Que à vista do seu sangue, e seu caráter
Podia muito bem querer meter-se

[9] *Adônis* (mitologia grega): filho da relação incestuosa entre o rei sírio Teias (ou Cinira, rei de Chipre, segundo outra versão), seduzido por sua filha Mirra (ou Esmirna). Esta, para escapar de ser morta pelo pai, foi transformada pelos deuses numa árvore de cujo tronco nasceu Adônis. Fascinada pela beleza do menino, Afrodite entregou-o aos cuidados de Perséfone, rainha do mundo subterrâneo. Esta, igualmente encantada com o belo menino, não quis devolvê-lo quando Afrodite foi buscá-lo de volta. Estabeleceu-se então uma disputa entre as duas deusas, arbitrada pelo próprio Zeus. Adônis acabou optando por passar oito meses do ano com Afrodite.

Debaixo, Doroteu, do próprio Pálio.
Que destras evoluções não fez a Tropa!
Uns ficam ao passar do Sacramento
Com as suas barretinas nas cabeças;
Os outros se descobrem, e ajoelham;
E enquanto não se avança o grande Chefe,
Prostrados se conservam, e devotos
Não cessam de ferir os brandos peitos.
Ah! Grande General, com esta Tropa
Tu podes conquistar o mundo inteiro!
Foram muito felices os Lorenas,
Os Condés, os Eugênios, e outros muitos,[10]
Em tu não floresceres nos seus tempos.
Meu caro Doroteu, os Sapateiros
Entendem do seu couro; os Mercadores
Entendem de fazenda; os Alfaiates
Entendem de vestidos; enfim todos
Podem bem entender dos seus ofícios;
Porém querer o Chefe, que se formem
Disciplinadas tropas de tendeiros,
De moços de tabernas, de rapazes,
De bisonhos roceiros, é delírio:
Que o soldado não fica bom soldado,
Somente porque veste curta farda,
Porque limpa as correias, tinge as botas,
E com trapos engrossa o seu rabicho.

*

[10] *Lorenas*: referência ao príncipe Carlos Alexandre de Lorena (1712-80), general a serviço dos austríacos, filho do duque soberano da Lorena; *Condés*: referência a Luís II de Bourbon (1621-86), príncipe de Condé, um dos mais ilustres capitães do século XVII, que pertencia a um ramo da casa real francesa; *Eugênios*: referência ao príncipe Francisco Eugênio de Saboia-Carignan (1663-1736), célebre general a serviço dos austríacos, embora francês de nascimento.

A negra noite em dia se converte
À força das tigelas, e das tochas,
Que em grande cópia nas janelas ardem.
Aqui o bom Robério se distingue;
Compõe algumas quadras, que batiza,
Com o distinto nome de Epigramas,
E pedante rendeiro as dependura
Na dilatada frente, que ilumina,
Fazendo-as escrever em lindas tarjas.
Rançoso, e mau Poeta, não nasceste
Para cantar Heróis, nem cousas grandes!
Se te queres moldar aos teus talentos,
Em tosca frase do País somente
Escreve trovas, que os mulatos cantem.

*

Andava, Doroteu, alegre a gente
Em bandos pelas ruas. Então vejo
Ao famoso Roquério neste traje:
As chinelas nos pés, descalça a perna,
Um chapéu muito velho na cabeça,
E fora dos calções a porca fralda;
Em um roto capote mal se embrulha,
E grande varapau na mão sustenta,
Que mais de estorvo, que de arrimo serve;
Pois a cachaça ardente, que o alegra,
Lhe tira as forças dos robustos membros,
E põe-lhe peso na cabeça leve.
Não repares, Amigo, que te conte
Este sucesso, que parece estranho.
Este grande Roquério é um daqueles,
Que assenta à sua mesa o nosso Chefe.
Agora, Amigo, vê, se esta pintura
Não pode muito bem à nossa história,
Sem violência servir também de enfeite.

*

Fiquemos, Doroteu, aqui por ora;
Pois de tanto escrever a mão já cansa.
Em outra contarei o mais, que resta,
E vi no grão Passeio, e mais no Curro,
Aonde as Cavalhadas se fizeram,
Aonde maus Capinhas[11] maltrataram
Em vez de touros mansos bois, e vacas.

[11] *Capinhas*: homens de capa que acompanhavam a pé os toureiros para provocar o boi ou evitar que atacassem os toureiros.

CARTA 6ª

Em que se conta o resto dos festejos

Eu ontem, Doroteu, fechei a Carta,
Em que te relatei da Igreja as Festas;
E como trabalhava, por lembrar-me
Do resto do festejo, mal descanso
Na cama os lassos membros, me parece,
Que vou entrando na formosa Praça.
Não vejo, Doroteu, um Curro feito
De pedaços informes de outros curros;
Sim vejo o mesmo Curro, que o bom Chefe
Riscou na seca praia, e nele vejo
As mesmas armações, e as mesmas caras:
Ora vou, doce Amigo, aqui pintá-lo.

*

Na frente se levanta um camarote
Mais alto do que todos uma braça:
Enfeitam seu prospecto lindas colchas,
E pendentes cortinas de Damasco;
À direita se assenta o nosso Chefe.
Os Régios Magistrados não cercam,
Nem o cerca também o nobre Corpo
Dos velhos Cidadãos; aquele mesmo,
Que faz de toda a festa os grandes gastos.
Com ele só se assenta a sua Corte,
Que toda se compõe de novos Martes.[1]

[1] *Martes* (mitologia romana): referência a Marte, deus da guerra, filho de

Aqui alguns conheço, que inda vivem
De darem o sustento, o quarto, a roupa,
E capim para a besta a quem viaja.
Conheço finalmente a outros muitos,
Que foram almocreves,[2] e tendeiros,
Que foram Alfaiates, e fizeram,
Puxando a dente o couro, bem sapatos.
Agora, doce Amigo, não te rias,
De veres, que estes são aqueles Grandes,
Que em presença do Chefe encostar podem
Os queixos nos bastões das finas canas.
Os postos, Doroteu, aqui se vendem,
E como as outras drogas, que se compram,
Devem daqueles ser, que mais os pagam.

*

No meio desta turba vejo um vulto,
Que moça me parece pelo traje:
Não posso conceber o como deva
Estar uma Senhora em tal palanque.
O Chefe (eu discorria) inda é solteiro.
E quando não o fosse, a sua Esposa
Não havia sentar-se com barbados.
Mil cousas, Doroteu, mil cousas feias
Me sugere a malícia, e todas falsas:
Aplico mais a vista, então conheço,
Que é uma muito esperta mulatinha,
Que dizem filha ser do seu Lacaio.
Eis aqui, Doroteu, o como às vezes
Infames testemunhos se levantam

Juno e pai de Rômulo e Remo. Por extensão, em sentido figurado, guerreiro, chefe de exército, cabo de guerra.

[2] *Almocreves*: condutores de bestas de carga.

Às pessoas mais sérias: só Deus sabe
O que também dirão do teu Critilo!
Mas tu, prezado Amigo, não te aflijas,
Que tudo é desta classe, e se viveres,
Ainda o hás de ver obrar milagres.

*

Pregado ao camarote do bom Chefe
Se vê outro palanque igual em tudo
Aos rasos camarotes do mais povo.
Aqui têm seu lugar os Senadores;
Com eles se incorporam outros muitos,
Que lograram de Edis as grandes honras.

*

Nos outros adornados camarotes
Assistem as famílias mais honestas:
Aqui nada se vê, que seja pobre.
Recreia, Doroteu, recreia a vista
O vário dos matizes; cega os olhos
O contínuo brilhar das finas pedras.
No meio de um palanque então descubro
A minha, a minha Nise: está vestida
Da cor mimosa, com que o Céu se veste.
Oh quanto! Oh quanto é bela! A verde Olaia,[3]
Quando se cobre de cheirosas flores:
A filha de Taumante, quando arqueia
No meio da tormenta o lindo corpo;[4]
A mesma Vênus, quando toma, e embraça

[3] *Olaia*: árvore leguminosa.

[4] Referência a Íris (mitologia grega), mensageira dos deuses, que traria dos mares o vento ou a chuva abundante.

O grosso escudo, e lança, por que vença
A paixão do deus Marte com mais força;[5]
Ou quando lacrimosa se apresenta
Na sala de seu Pai, para que salve
Aos seus Troianos das soberbas ondas;[6]
Não é, não é como ela, tão formosa.
Qual o tenro menino a quem se chega
Defronte do semblante a vela acesa,
Umas vezes suspenso, outras risonho,
Os olhos arregala, e bem que o chamem,
A tesa vista não separa dela:
Assim eu, Doroteu, apenas vejo
A minha doce Nise, qual menino
Os olhos nela fito cheios de água:
E por mais que me chamem, ou me abalem,
De embebido que estou, não sinto nada.
No meio, Doroteu, de tanto assombro
Me finge a perturbada fantasia
Novo sucesso, que me aflige, e cansa.
Aparece no Curro passeando
Sexagenário velho em ar de moço,
Traja uma curta veste, calções largos
Da cor da seca rosa, a quem adorna
O brilhante galão de fina prata:
Na bolsa do cabelo,[7] que se enfeita
De duas negras plumas, e de flocos,
Branquejam os vidrilhos; e no peito
De flores se sustenta um grande molho.

[5] Passagem possivelmente inspirada na "Rapsódia VIII" da *Odisseia*, de Homero, onde é descrita a paixão adúltera entre Afrodite (Vênus, para os romanos), esposa de Hefesto (Vulcano), e Ares (Marte).

[6] Referência aos versos 237-68 do "Livro I" da *Eneida*, de Virgílio, nos quais Vênus se queixa a Jove das desgraças que se abateram sobre os troianos.

[7] *Bolsa do cabelo*: saquinho longo de seda preta onde os homens enfiavam as tranças do cabelo.

Traz dous anéis nos dedos, e fivelas
De amarelos Topázios. Não caminha,
Sem que avante caminhe um branco pajem,
Atrás da cadeirinha,[8] o seu moleque
Em forma de lacaio. Ah! velho tonto,
Esse teu tratamento imita, imita
O estado, que tem o Rei do Congo!

*

Ponho os meus olhos no caduco Adônis,
Então se me figura, que ele oferta
A Nise uma das flores, e que Nise
Com ar risonho no seu peito a prega.
Aos zelos, Doroteu, ninguém resiste;
Sentem a sua força os altos deuses;
Os homens, mais as feras; e em Critilo
Não podes esperar paixões diversas.
Apenas isto vejo, exasperado,
Meto mão ao florete, e quando intento
O peito transpassar-lhe, então acordo;
E vendo-me às escuras sobre a cama,
Conheço, que isto tudo foi um sonho.

*

Pintei-te, Doroteu, o grande Curro
Da sorte que minha alma o viu sonhando;
Agora vou pintar-te os mais sucessos,
Que impressos ainda tenho na memória.

*

[8] *Cadeirinha*: assento com alças ou varais, carregado por criados ou escravos, em que pessoas abastadas se faziam transportar em passeio ou em visitas.

Ainda, Doroteu, no largo Curro
Caretas[9] não brincavam, nem se viam
Nos raros camarotes altas popas,
Enfeites com que brilham néscias Damas;
Quando já no castelo de madeira
As peças fuzilavam, sinal certo
De que o nosso Herói, e o velho Bispo
No adornado palanque se assentavam.
Agora dirás tu: "É forte pressa!
Os chefes nos teatros entram sempre
Às horas de correr-se acima o pano".
Amigo Doroteu, tu nunca viste
Uma criança, a quem a Mãe promete
Levá-la a ver de tarde alguma festa,
Que logo de manhã a Mãe persegue,
Pedindo, que lhe dispa os fatos velhos?
Pois eis aqui, Amigo, o nosso Chefe:
Não quer perder de estar casquilho, e teso
No erguido camarote um breve instante.

*

Chegam-se enfim as horas do festejo;
Entra na Praça a grande comitiva;
Trazem os pajens as compridas lanças
De fitas adornadas, vêm à destra
Os formosos ginetes arreados:
Seguem-se os Cavaleiros, que cortejam
Primeiro ao bruto Chefe, logo aos outros,
Dividindo as fileiras sobre os lados:
Não há quem no cortejo não receba
Em ar civil, e grato: só o Chefe
O corpo da cadeira não levanta,

[9] *Caretas*: mascarados que figuravam nas touradas cômicas.

Nem abaixa a cabeça; qual o dono
Dos míseros escravos, quando juntos
A bênção vão pedir-lhe, por que sejam
Ajudados de Deus no seu trabalho.

*

Feitas as cortesias do costume,
Os destros Cavaleiros galopeiam
Em círculos vistosos pelo campo:
Logo se formam em diversos corpos
À maneira das Tropas, que apresentam
Sanguinosas batalhas. Soam trompas,
Soam os atabales, os fagotes,
Os clarins, os boés, e mais as flautas.
O fogoso ginete as ventas abre,
E bate com as mãos na dura terra:
Os dous mantenadores[10] já se avançam.
Aqui, prezado Amigo, aqui não lutam,
Como nos espetáculos Romanos,
Com forçosos Leões, malhados Tigres,
Os homens peito a peito, e braço a braço:
Jogam-se encontroadas, e se atiram
Redondas alcancias,[11] curtas canas,
De que destro inimigo se defende
Com fazê-las no ar em dous pedaços.
Ao fogo das pistolas se desfazem
Nos postes as cabeças: umas ficam
Dos ferros traspassadas; outras voam
Sacudidas das pontas das espadas.
Airoso Cavaleiro ao ombro encosta
A lança no princípio da carreira;

[10] *Mantenadores*: cavaleiros principais, nos torneios.
[11] *Alcancias*: bolas de barro cheias de flores e outros mimos.

No ligeiro cavalo a espora bate;
Desfaz com mão igual o ferro, e logo
Que leva uma argolinha, a rédea toma,
E faz, que o bruto pare. Doces coros
Aplaudem o sucesso, enchendo os ares
De grata melodia. Então vaidoso
Guiado de um padrinho ao Chefe leva
O sinal da vitória, que segura
Na destra aguda lança. O bruto Chefe
Aceita a oferta em ar de Majestade,
À maneira dos amos, quando tomam
As cousas, que lhes dão os seus criados.
Nestes, e noutros brincos inocentes,
Se passa, Doroteu, a alegre tarde.

*

Já no sereno Céu resplandeciam
As brilhantes estrelas; os morcegos,
E as toucadas corujas já voavam,
Quando, prezado Amigo, nas janelas
Do nosso Sant'Iago se acendiam,
Em sinal de prazer as luminárias;
Ardem pois nas janelas de Palácio
Duas tochas de pau, e sobre a frente
Da casa do Senado se levanta
Uma extensa armação; a quem enfeitam
Quatro mil tigelinhas. Meu Alberga,
Aqui o prêmio tens do teu trabalho;
Tu farás de torcidas,[12] e de azeite
Aos tristes Camaristas contas largas;
E as arrobas de sebo, que não arde,

[12] *Torcidas*: mechas de candeeiro ou vela.

Desfeitas em sabão mui bem te podem
Toda a roupa lavar por muitos anos.

*

Nas margens, Doroteu, do sujo corgo,
Que banha da Cidade a longa fralda,
Há uma curta praia toda cheia
De já lavados seixos: neste sítio
Um formoso passeio se prepara.
Ordena o sábio Chefe, que se cortem
De verdes laranjeiras muitos ramos;
E manda, que se enterrem nesta praia,
Fingindo largas ruas. Cada tronco
Tem debaixo das folhas uma tábua
Sem lavor, nem pintura, que sustenta
Doze tigelas do grosseiro barro.
No meio do passeio estão abertas
Duas pequenas covas pouco fundas,
Que lagos se apelidam; sobre as bordas
Ardem mil tigelinhas, e o azeite,
Que corre, Doroteu, dos covos cacos,
Inda é mais, do que são as sujas águas,
Que nem os fundos cobrem destes tanques.
A tão formoso sítio tudo acode,
Ou seja de um, ou seja de outro sexo,
Ou seja de uma, ou seja de outra classe.
Aqui lascivo amante sem rebuço
À torpe concubina oferta o braço:
Ali mancebo ousado assiste, e fala
À simples filha, que seus Pais recatam.
A ligeira mulata em trajes de homem
Dança o quente lundu, e o vil batuque;[13]

[13] *Lundu* e *batuque*: respectivamente, canto e dança, e dança populares na

E aos cantos do passeio inda se fazem
Ações mais feias, que a modéstia oculta.
Meu caro Doroteu, meu doce Amigo,
Se queres, que este sítio te compare,
Como sério Poeta, aqui tens Chipre[14]
Nos dias, em que os povos tributavam
À Deusa tutelar alegres cultos.
Se queres, que o compare, como um homem,
Que alguma noção tem das Sacras Letras,
Aqui Sodoma tens, e mais Gomorra.
Se queres finalmente, que o compare
A lugar mais humilde em tom jocoso,
Aqui, Amigo, tens esse afamado
Quilombo, em que viveu o Pai Ambrósio.

*

Depõe o nosso Chefe a Majestade;
E por ver as Madamas, rebuçado
No capote de berne[15] corre as ruas,
Seguido, Doroteu, das suas guardas;
Depois de dar seus giros, vai sentar-se
Em um dos toscos bancos, onde tomam
Assento certas moças, que puderam,
Não sei por que razão, cair-lhe em graça;
Não diz uma fineza às tais mocinhas;
Pois não é, Doroteu, porque não saiba,
Que ele tem muito estudo de *Florinda*,
Da *Roda da fortuna*, e de outros livros,[16]

---

colônia, durante o século XVIII, introduzidos provavelmente por negros de Angola ou do Congo.

[14] *Chipre*: ilha do mar Egeu onde havia o mais célebre templo dedicado a Vênus (ou Afrodite), na Antiguidade.

[15] *Berne*: pano vermelho.

[16] *Florinda*: referência à novela *Infortúnios trágicos da constante Florinda*, do

Que dão aos seus Leitores grande massa.[17]
É sim por sustentar a gravidade,
Que no público pede o seu emprego;
Mas para lhes mostrar o quanto as preza,
(Ó força milagrosa de Bestunto![18])
Descobre esta feliz, e nova traça:[19]
Vai sentar-se na ponta do banquinho,
Umas vezes suspende ao ar o corpo;
Outras vezes carrega sobre a tábua,
E desta sorte faz, que as belas moças
Movidas do balanço deem no vento
Milhares e milhares de embigadas.

*

Chega-se, Doroteu, defronte dele
Um máscara prendado: não estima
Os discretos conceitos; nem se agrada
De ver executar vistosos passos.
Manda sim, que arremede um nosso Bispo;
Que arremede também o modo, e gesto
De um nosso General. São estes momos
Os únicos, que podem comovê-lo
No público a mostrar risonha cara.
Oh alma de Fidalgo, ó Chefe digno
De vestir a libré de um vil lacaio!

*

padre Gaspar Pires de Rebelo, bastante popular na época; *Roda da fortuna*: referência à novela *Roda da fortuna*, do padre Mateus Ribeiro, também muito famosa na época.

[17] *Massa*: substância, conteúdo.

[18] *Bestunto*: cabeça estúpida, de pouco juízo.

[19] *Traça*: manha, ardil.

Cresceram, doce Amigo, alguns foguetes
Da noite, em que o Senado fez no Curro
De pólvora queimar barris imensos.
Em uma noite clara, qual o dia,
Ordena, que os foguetes vão aos ares;
Vai se pôr no passeio reclinado,
Sobre um monte de pedras; faz-lhe corte
A velha Poetisa, que repete
Um Soneto, que fez a certos males.
Começam os vapores do Ribeiro
A formar sobre a terra nuvens densas:
Não se veem dos foguetes os chuveiros,
Não se veem as estrelas, nem as cobras,
Mas ele os deixa arder, e gasta a noite
Contente com o ouvir alguns estalos,
E a bulha, que eles fazem, quando sobem.

*

Já chega, Doroteu, o novo dia,
O dia, em que se correm bois, e vacas.
Amigo Doroteu, é tempo, é tempo
De fazer-te excitar no peito brando
Afetos de ternura, de ódio, e raiva.
No dia, Doroteu, em que se devem
Correr os mansos touros, acontece
Morrer a casta Esposa de um mulato,
Que a vida ganha de tocar rabeca.
Dá-se parte do caso ao nosso Chefe:
Este, prezado Amigo, não ordena,
Que outro Músico vá no lugar dele
A rabeca tocar no pronto carro:
Ordena, que ele escolha ou a Cadeia,
Ou ir tocar a doce rabequinha
Naquela mesma tarde pela praia.
Que é isso, Doroteu, estás confuso?

Duvidas, que isto seja, ou não, verdade?
Então, que hás de fazer, quando me ouvires
Contar desordens, que ainda são mais calvas?[20]
Indigno, indigno Chefe, as Leis sagradas
Não querem se incomodem alguns dias
Os parentes chegados dos defuntos,
Ainda para cousas necessárias;
E tu, cruel, violentas um marido
A deixar sobre a terra o frio corpo
Da sua terna Esposa, sem que tenhas
Ao menos uma honesta, e justa causa!
Bárbaro, tu praticas tudo junto,
Quanto obraram no mundo os maus tiranos!
Mesêncio ajuntava os corpos vivos
Aos corpos já corruptos, e tu segues[21]
Outros caminhos, que inda são mais novos.
Separas dos defuntos os que vivem;
Não queres, que os parentes sejam pios,
Dando as últimas honras aos seus mortos!

*

Chega-se finalmente a tarde alegre
Do festejo dos Touros. Já no Curro
Aparecem os dous formosos Carros.
O primeiro derrama sobre a terra
Por bocas de serpentes escamosas
Dous puros chorros de água: no segundo
Se levantam alegres doces vozes,
Que vários instrumentos acompanham.
Aqui entre os que tocam se divisa

[20] *Calvas*: evidentes.

[21] Referência ao rei da Etrúria, também chamado Mecênio, famoso por suas crueldades. Entre elas, enterrar os vivos fortemente atados aos mortos.

Um triste rosto, que se alaga em pranto.
Não sabes, Doroteu, quem este seja?
Pois é, prezado Amigo, aquele triste,
Que tem a mulher morta sobre a cama.
O nosso grande Chefe mal conhece
Ao pobre do Viúvo, compassivo
Mete a mão no seu bolso, e dele tira
Um famoso cartucho, que lhe entrega;
O néscio Rabequista, que a ação nota,
Um pouco suaviza a sua mágoa;
E enquanto não recebe o tal embrulho,
Consigo assim discorre: "Que ditosa,
Que ditosa violência, que socorre
Em tal ocasião a minha falta!
Já tenho com que pague ao meu Vigário;
Já tenho com que pague a cera, a cova,
A mortalha, o caixão, e mais os Padres".
Assim o bom Viúvo discorria,
Quando pega no embrulho, e mal o rasga,
Encontra, Doroteu, confeitos grandes,
Encontra manuscristi, e rebuçados.[22]
Que é isso, Doroteu, de novo pasmas?
De novo desconfias da verdade?
Amigo Doroteu, o nosso Chefe
Estudou Medicina, e como alcança,
Que o chorar faz defluxo, providente
Ministra rebuçados a quem chora,
Para com eles acudir-lhe ao peito.

*

Principiam os Touros, e se aumentam

[22] *Manuscristi*: antigo medicamento de consistência branda, de açúcar com aljofre; *rebuçados*: balas com essências de frutas e plantas.

Do Chefe as parvoíces. Manda[23] a Praça
Sem regra, sem discurso, e sem concerto.
Agora sai um Touro levantado,
Que ao mau Capinha sem fugir espera;
Acena-lhe o Capinha, ele recua,
E atira com as mãos ao ar a terra.
Acena-lhe o Capinha novamente;
De novo raspa o chão, e logo investe;
Lá vai o mau Capinha pelos ares,
Lá se estende na areia, e o bravo Touro
Lhe dá com o focinho um par de tombos,
Nem deixa de pisá-lo, enquanto o néscio
Não segue o meio de fingir-se morto.
Meu esperto boizinho, em paz te fica;
Que o nosso Chefe ordena te recolham,
Sem fazeres mais sorte, e te reserva
Para ao Curro saíres, quando forem
Do Senhor do Bom Fim as grandes festas.
Agora sai um Touro, que é prudente;
Se o Capinha o procura, logo foge;
Os caretas lhe dão mil apupadas:
Um lhe pega no rabo, e o segura;
Outro intenta montá-lo; e o grande Chefe
O deixa passear por largo espaço;
Manda soltar-lhe os cães, manda meter-lhe
As garrochas[24] de fogo, que primeiro
Que a pele rompam do ligeiro bruto,
Nos destros dedos do Capinha estalam.
Com estes maus festejos, que aborrecem,
Se gastam muitos dias. Já o povo
Se cansa de assistir na triste Praça;

[23] *Manda*: o mesmo que "comanda".

[24] *Garrochas*: varas curtas com farpa de ferro na ponta, que se usam nas touradas para coavar o touro.

E ao ver-se solitário o bruto Chefe,
Nos trata por incultos, mais ingratos.

*

Soberbo e louco Chefe, que proveito
Tiraste de gastar em frias festas
Imenso cabedal, que o bom Senado
Devia consumir em cousas santas?
Suspiram pobres amas, e padecem
Crianças inocentes, e tu podes
Com rosto enxuto ver tamanhos males?
Embora![25] sacrifica ao próprio gosto
As fortunas dos povos, que governas;
Virá dia, em que mão robusta, e santa,
Depois de castigar-nos, se condoa,
E lance na fogueira as varas torpes.
Então rirão aqueles, que choraram;
Então talvez, que chores; mas debalde:
Que suspiros, e prantos nada lucram
A quem os guarda para muito tarde.

[25] *Embora*: interjeição equivalente a "assim seja", "tanto faz", "não importa".

CARTA 7ª

Em que se trata da venda dos Despachos e Contratos[1]

Os grandes, Doroteu, da nossa Espanha
Têm diversas herdades; umas delas
Dão trigo, dão centeio, e dão cevada;
As outras têm cascatas, e pomares
Com outras muitas peças, que só servem
Nos calmosos Verões de algum recreio.
Assim os Generais da nossa Chile
Têm diversas fazendas: numas passam
As horas de descanso; as outras geram
Os milhos, os feijões, e os úteis frutos,
Que podem sustentar as grandes casas.
As quintas, Doroteu, que mais lhes rendem,
Abertas nunca são de torto arado;
Quer chova de contínuo, quer se gretem
As terras ao rigor do Sol intenso,
Sempre geram mais frutos, do que as outras
No ano, em que lhes corre ao próprio o tempo.
Estas quintas, Amigo, não produzem
Em certas estações; produzem sempre;
Que os nossos Generais tomando a fouce
Vão fazer nas searas a colheita.
Produzem, que inda é mais, sem que os bons Chefes
Se cansem com amanhos, nem ainda
Com lançarem nos sulcos as sementes.

[1] *Contratos*: na colônia, a cobrança de determinados impostos era feita por particulares, mediante uma concessão — normalmente trienal — da Coroa portuguesa, celebrada em contratos arrematados em concorrência pública, na Junta da Real Fazenda da capitania.

Agora dirás de assomo cheio:
"Que ditosas Campinas! Desta sorte
Só pintam os Elísios[2] os Poetas".
Amigo Doroteu, és pouco esperto.
As fazendas, que pinto, não são dessas,
Que têm para a cultura largos Campos,
E virgens matarias, cujos troncos
Levantam sobre as nuvens grossos ramos.
Não são, não são fazendas, onde paste
O lanudo Carneiro, e a gorda Vaca,
A Vaca, que salpica as brandas ervas
Com o leite encorpado, que lhe escorre
Das lisas tetas, que no chão lhe arrastam;
Não são enfim herdades, onde as louras
Zunidoras abelhas de mil castas
Nos côncavos das árvores já velhas,
Que bálsamos destilam, escondidas
Fabriquem rumas[3] de gostosos favos.
Estas quintas são quintas só no nome,
Pois são os dous contratos, que utilizam
Aos chefes inda mais que ao próprio Estado.

*

Cada triênio pois os nossos Chefes
Levantam duas quintas, ou herdades;
E quando o lavrador da terra inculta
Despende o seu dinheiro no princípio,
Fazendo levantar de paus robustos
As casas de vivenda, e junto delas
Em volta de um terreiro as vis senzalas;

[2] *Elísios* (mitologia grega): parte dos infernos onde a primavera é eterna e onde ficam as sombras dos que viveram virtuosamente, permanecendo lá em contínua e perfeita felicidade.

[3] *Rumas*: montões, pilhas.

Os nossos Generais pelo contrário,
Quando estas quintas fazem, logo embolsam
Uma grande porção de louras barras.

*

A primeira fazenda, que o bom Chefe
Ergueu nestas Campinas, foi a grande
Herdade, que arrendou ao seu Marquésio.
As línguas depravadas espalharam,
Que para o tal Marquésio entrar de posse,
Largara[4] ao grande Chefe só de luvas
Uns trinta mil cruzados: bagatela.
Os mesmos maldizentes acrescentam,
Que o pançudo Robério fora aquele,
Que fez de Corretor no tal Contrato.
Amigo Doroteu, eu tremo, e fujo
De encarregar minha alma. O bom Virgílio
Talvez, talvez que aflito se revolva
No meio da fogueira devorante,
Por dizer, que adorara ao pio Eneias
Uma casta Rainha, cujos ossos
Estavam no sepulcro já mirrados,
Havia cousa de trezentos anos.[5]
Eu não te afirmo pois, que se fizesse
A venda vergonhosa: só te afirmo,
Que o mundo assim o julga, e que esta fama
Não deixa de firmar-se em bons indícios.
As Leis do nosso Reino não consentem,
Que os Chefes deem Contratos contra os votos
Dos retos Deputados, que organizam

[4] *Largara*: dera, doara.

[5] Referência à *Eneida*, de Virgílio, onde Dido (ou Elina), rainha de Tiro, que viveu no século IX a.C., apaixona-se por Eneias, no tempo da guerra de Troia, que ocorrera trezentos anos antes de seu nascimento.

A Junta da Fazenda, e o nosso Chefe
Mandou arrematar ao seu Marquésio
O Contrato maior, sem ter um voto,
Que favorável fosse aos seus projetos.
As mesmas Santas Leis jamais concedem,
Que possa arrematar-se algum Contrato
Ao rico lançador, se houver na Praça
Um só competidor de mais abono.
E o nosso General mandou, se desse
O ramo ao lançador, que apenas tinha
Uns vinte mil cruzados em palavra;
Deixando preterido outro sujeito
De muito mais abono, e a quem devia
Um grosso cabedal o Régio Erário.
Mal acaba Marquésio o seu triênio
Outro novo triênio lhe arremata,
Sem que um Membro da Junta em tal convenha;
E tendo o tal Marquésio no Contrato,
Perdido grandes somas, lhe dispensa
Outras fianças dar a nova renda.
Amigo Doroteu, o nosso Chefe,
Que procura tirar conveniência
Dos pequenos negócios, e Despachos,
Daria este Contrato ao bom Marquésio,
Este grande Contrato, sem que houvesse
De paga equivalente ajuste expresso?
Amigo Doroteu, se não sou sábio,
Não sou também tão néscio, que nem saiba
Das premissas tirar as consequências.
Agora dirás tu: "Se o patrimônio
De Marquésio consiste, como afirmas,
Em vinte mil cruzados em palavra,
Como de luvas deu ao Chefe os trinta?".
Amigo Doroteu, estou pilhado;
A palavra, que sai da boca fora,

É como a calhoada,[6] que se atira,
Que já não tem remédio; paciência.
Eu as ervas arranco,[7] e desde agora
Contigo falarei com mais cautela.
Mas que vejo! Tu riste? Acaso pensas,
Que me tens apanhado na verdade?
A mim nunca apanharam os Capuchos,[8]
Quando no raso assento defendia,
Que a natureza não tolera o vácuo,
Que os cheiros são ocultas entidades,
Com outras mil questões da mesma classe:
E tu, meu doce Amigo, pertendias
Convencer-me em matéria, em que dar posso
A todos de partido a sota, e o basto?[9]
Desiste, Doroteu, do louco intento;
Faze uma grande cruz na lisa testa;
Dá figas ao demônio, que te atenta.
Ora ouve a solução desse argumento;
Bem que pingante seja quem remata
Este grande Contrato, mercadeja
Com perto de um milhão; por isso todos
Lhe emprestam prontamente os seus dinheiros.

*

Os Chefes, Doroteu, que só procuram
De barras entulhar as fortes burras,
Desfrutam juntamente as mais fazendas,
Que seus antecessores levantaram.
Nem deixam descansar as férteis terras,

[6] *Calhoada*: pedrada.

[7] *As ervas arranco*: expressão equivalente a "sofrerei as consequências".

[8] *Capuchos*: por "frades capuchinhos" (franciscanos).

[9] "Dar a sota e o basto": expressão do jogo de cartas, que neste contexto significa ser mais esperto que alguém.

Enquanto não as põem em sabambaias.
Aqui agora tens, meu Silverino,
O teu próprio lugar. Tu és honrado,
E prezas, como eu prezo, a sã verdade;
Por isso nos confessa que tu ganhas
A graça deste Chefe, porque envias
Pela mão de Matúsio seu agente
Em todos os trimestres as mesadas.
Eu sei, meu Silverino, que quem vive
Na nossa infeliz Chile, não te impugna
Tão notória verdade. Porém deve
Correr estranhos climas esta história;
E como tu não vás também com ela,
É justo que lhe ponha algumas provas.

*

A sábia Lei do Reino quer, e manda,
Que os nossos devedores não se prendam:
Responde agora tu, por que motivo
Concede o grande Chefe, que tu prendas
A quantos miseráveis te deverem?
Por que, meu Silverino? Porque largas,
Porque mandas presentes, mais dinheiro.
As mesmas Leis do Reino também vedam,
Que possa ser Juiz a própria parte:
Responde agora mais, por que princípio
Consente o nosso Chefe, que tu sejas
O mesmo, que encorrente a quem não paga?
Por que, meu Silverino? Porque largas,
Porque mandas presentes, mais dinheiro.
Os sábios Generais reprimir devem
Do atrevido vassalo as insolências:
Tu metes homens livres no teu tronco;
Tu mandas castigá-los, como negros;

Tu zombas da justiça; tu aprendes;[10]
Tu passas Portarias, ordenando,
Que com certas pessoas não se entenda:
Por que, por que razão o nosso Chefe
Consente, que tu faças tanto insulto,
Sendo um touro, que parte ao leve aceno?
Por que, meu Silverino? Porque largas,
Porque mandas presentes, mais dinheiro.
A Lei do teu Contrato não faculta,
Que possas aplicar aos teus negócios
Os públicos dinheiros. Tu com eles
Pagaste aos teus credores grandes somas:
Ordena a sábia Junta, que dês logo
Da tua comissão estreita conta:
O Chefe não assina a Portaria,
Não quer, que se descubra a ladroeira;
Porque tu favorece ainda à custa
Dos Régios interesses, quando finge,
Que os zela muito mais, que as próprias rendas.
Por que, meu Silverino? Porque largas,
Porque mandas presentes, mais dinheiro.
Apenas apareces... Mas não posso
Só contigo gastar papel, e tempo.
Eu já te deixo em paz, roubando o mundo:
E passo a relatar ao caro Amigo
Os estranhos sucessos, que ainda faltam;
Nem todos lhe direi, pois são imensos.

*

Pertende, Doroteu, o nosso Chefe
Mostrar um grande zelo nas cobranças
Do imenso cabedal, que todo o povo

[10] *Aprendes*: de "aprender" (o mesmo que "agarrar", "prender").

Aos Cofres do Monarca, está devendo:
Envia bons soldados às Comarcas,
E manda-lhes, que cobrem, ou que metam
A quantos não pagarem nas Cadeias.
Não quero, Doroteu, lembrar-me agora
Das Leis do nosso Augusto; estou cansado
De confrontar os fatos deste Chefe
Com as disposições do são Direito;
Por isso pintarei, prezado Amigo,
Somente a confusão, e a grã desordem,
Em que a todos nós pôs tão nova ideia.
Entraram nas Comarcas os soldados,
E entraram a gemer os tristes povos;
Uns tiram os brinquinhos das orelhas
Das filhas, e mulheres: outros vendem
As escravas já velhas, que os criaram,
Por menos duas partes do seu preço.
Aquele que não tem cativo, ou joia,
Satisfaz com papéis, e o soldadinho
Estas dívidas cobra mais violento,
Do que cobra a Justiça uma parcela,
Que tem executivo aparelhado
Por sábia ordenação do nosso Reino.
Por mais que o devedor exclama, e grita,
Que os créditos são falsos, ou que foram,
Há muitos anos pagos: o Ministro
Da severa cobrança a nada atende;
Despreza estes embargos, bem que o triste
Proteste de os provar incontinenti.

*

Não se recebem só, prezado Amigo,
Os créditos alheios para embolso
Das dívidas fiscais. O soldadinho
Descobre um ramo aqui de bom Comércio;

Aquele que não quer propor demandas,
Promete-lhe a metade, ou mais ainda
Das somas, que lhe entrega; e ele as cobra,
Fingindo, que as tomou em pagamento
Das dívidas do Rei. Ainda passa
A mais esta desordem: faz penhoras,
E manda arrematar ao pé da Igreja
As casas, os cativos, mais as roças.

*

Agora Fanfarrão, agora falo
Contigo, e só contigo. Por que causa
Ordenas, que se faça uma cobrança
Tão rápida, e tão forte contra aqueles,
Que ao Erário só devem tênues somas?
Não tens Contratadores, que ao Rei devem
De mil cruzados centos, e mais centos?
Uma só quinta parte, que estes dessem,
Não matava do Erário o grande empenho?
O pobre, porque é pobre, pague tudo;
E o rico, porque é rico, vai pagando
Sem soldados à porta, com sossego!
Não era menos torpe, e mais prudente,
Que os devedores todos se igualassem?
Que sem haver respeito ao pobre, ou rico,
Metessem no Erário um tanto certo,
À proporção das somas, que devessem?
Indigno, Indigno Chefe! Tu não buscas
O público interesse. Tu só queres
Mostrar ao sábio Augusto um falso zelo;
Poupando ao mesmo tempo os devedores,
Os grossos devedores, que repartem
Contigo os cabedais, que são do Reino.

*

Talvez, meu Doroteu, talvez que entendas,
Que o nosso Fanfarrão estima, e preza
Os rendeiros, que devem, por sistema;
Só para ver, se os ricos desta terra
À força de favores animados
Se esforçam a lançar nas Régias rendas.
Amigo Doroteu, o nosso Chefe
Se faz alguma cousa, é só movido
Da loucura, ou do sórdido interesse.
Eu vou, prezado Amigo, eu vou mostrar-te
Esta santa verdade com exemplos.

*

Morre um Contratador, e se nomeia,
Para tratar dos bens, um seu parente,
Que Ribério se chama. Não te posso
Explicar o fervor, com que Ribério
Demanda os devedores, vence, e cobra
Os cabedais dispersos desta herança.
Estava quase extinto o que devia
À fazenda do Rei: então o Chefe
Lhe ordena satisfaça todo o resto
No peremptório termo, que lhe assina;
Exclama o bom Ribério, que não pode;
Pois todo o cabedal, que tem cobrado,
Ou está nas demandas consumido,
Ou tem entrado já no Régio Erário.
E para bem mostrar esta verdade,
Suplica ao grande Chefe, que ele escolha
Um reto Magistrado, que lhe tome
Da sua comissão estreita conta.
Pois isto, Doroteu, não vale nada:
Sem contas lhe tomarem, manda o Chefe,
Que gema na Cadeia, até que pague.
Já viste uma insolência similhante?

Aos grandes devedores não se assinam
Os termos peremptórios para a paga;
Nem vão para as Cadeias, bem que comam
A Fazenda do Rei; e só Ribério,
Sendo um Procurador, que nada deve,
Vai viver na prisão por tempos largos?
Amigo Doroteu, o nosso Chefe
Patrocina os velhacos, que lhe mandam,
Para que mais lhe mandem. Prende, e vexa
Aos justos, que entesouram suas barras,
Para ver, se oprimidos se resolvem
A seguir os caminhos dos que largam.

*

Remata-se um Contrato a um sujeito,
Que o pode bem pagar, por mais que perca;
Pertende um fiador deste Contrato
Ir tratar no Peru do seu Comércio:
Vai licença pedir ao grande Chefe,
E o Chefe lha concede. Escuta agora;
Ouvirás uma ação, a mais indigna
De quantas por marotos se fizeram.
Apenas o tal homem sai da terra,
Se despede uma esquadra de soldados,
Que mal com ele topa, lhe dá busca;
As cargas se revolvem, nem lhe escapam
As grosseiras cangalhas, que se quebram:
Não acham contrabandos; porém sempre
Lhe tomam os dinheiros, que ele leva.
E o grande Chefe ordena, que se metam
No Régio Erário todos, inda aqueles,
Que são de vários donos. Dize, Amigo,
Já viste uma injustiça assim tão clara?
Aos grossos devedores não se tomam
Os seus próprios dinheiros, bem que tenham

Comido os cabedais dos seus Contratos:
E ao simples fiador de um rematante,
Que nada ainda deve, e que tem muito,
Vão-se à força tomar os seus dinheiros,
E os dinheiros, que é mais, de estranhas partes!
Agora, Doroteu, não tens, que digas:
Hás de enfim confessar, que o nosso Chefe
Somente não oprime a quem lhe larga.
Ora ouve as circunstâncias, que inda acrescem,
E que inda afeiam mais o torpe caso.

*

Espalham as más línguas, que Matúsio
Pedira ao tal sujeito, lhe comprasse
Uns finos guardanapos, e toalhas;
Que o fiador mesquinho lhes trouxera;
E vendo, que Matúsio se esquecia,
Lhe chegou a pedir sem pejo a paga:
Que o Chefe ressentido desta injúria,
Lhe mandou dar a busca por vingança:
E que até ao presente inda não consta,
Que o preço da encomenda se pagasse.
Que mais pode fazer o seu lacaio?
Isto não é mais feio que despir-se
A preciosa capa ao grande Jove;
E mandar-se tirar ao sábio filho,
O famoso Esculápio,[11] as barbas de ouro?

*

Amigo Doroteu, se acaso vires

[11] *Esculápio* (mitologia greco-romana): nome latino de Asclépio, deus da medicina, filho de Apolo.

Na Corte algum Fidalgo pobre, e roto,
Dize-lhe, que procure este Governo:
Que a não acreditar, que há outra vida,
Com fazer quatro mimos aos rendeiros,
Há de à Pátria voltar, casquilho, e gordo.

Há tempo, Doroteu, que não prossigo
De nosso Fanfarrão a longa história.[1]
....
....
Que não busque cobri-los com tal capa,
Que inda se persuada, que os mais homens
Lhos ficam respeitando como acertos?
Enquanto ao conhecer destes despejos,
Pespega à lei a boa inteligência,
Que extensiva se chama: sim entende,
Que aonde o Rei ordena, que só haja
Recurso a ele mesmo, nos faculta
Recurso aos Generais; pois que estes fazem
Em tudo, e mais que tudo as suas vezes.
Ah! dize, meu Amigo, se podia
Dar-lhe outra inteligência o mesmo Acúrsio?[2]
Esse grande Doutor, que já nos finge
Nos princípios de Roma conhecida
A Divina Trindade, e que pondera,
Que do Cão, que na palha está deitado,
A velha Fúsia Lei[3] se diz Canina.
Maldito, Doroteu, maldito seja

[1] Num dos apógrafos consta que esta "carta" continha 299 versos até ao que se segue.

[2] *Acúrsio*: Francesco D'Accorso (1182-1260), jurisconsulto do direito romano — apesar de desconhecer a literatura antiga e a língua grega — que atribuía à Roma não cristã visões da Santíssima Trindade e traduzia o nome da Lei Fúsia-canina como "cão deitado na palha".

[3] *Fúsia Lei*: trata-se da lei de Fusius Caninus, do tempo de Augusto (68 a.C.-

O Pai de Fanfarrão, que deu ao mundo,
Ao mundo literário tanta perda,
Criando ao hábil filho numa Corte,
Qual morgado, que habita em pobre Aldeia!
Ah! se ele, doce Amigo, assim discorre,
Sabendo apenas ler redonda letra,
Que abismo não seria, se soubesse
Verter o Breviário em tosca prosa!
Se entrasse em Salamanca, e ali ouvisse
Explicar a questão daquela escrava,
Que foi manumetida[4] em testamento,
Se três filhos parisse; e outras muitas,
Que os Lentes nos ensinam desta casta!

*

Enquanto, Doroteu, ao outro ponto
De julgar aos expulsos inocentes,
Também razão lhe dou; porque primeiro
Se informa com aqueles, que os réus dizem,
Que sabem mais que todos do seu caso.
Nem é de presumir, que estes lhe faltem
À verdade jurando: pois têm alma.
Sê boa testemunha, meu paizinho,
A quem o vulgo chama Pé-de-pato.
Confessa, se não foste, o que juraste,
Que deste uma denúncia, e fora falsa.
Indigno, e bruto Chefe, em que direito
Entendes, que se firmam tais processos?
Um réu, a quem condena o Magistrado,
Pode mostrar o injusto da sentença,

-14 d.C.), que obrigava o testador a indicar nominalmente os escravos que pretendesse libertar no testamento, impedindo que o fizesse às portas da morte.

[4] *Manumetida*: alforriada.

Dando umas testemunhas que juraram
Sem haver citação da sua parte?
Dando umas testemunhas inquiridas
Por Juiz, que não pode perguntá-las?
E como, louco Chefe, e como sabes,
Que a defesa convence, se nem viste
Os autos, em que a culpa está formada?
Suponho, que juraram novamente
Aqueles mesmos, que as denúncias deram.
O segundo contrário juramento
Não é que se reputa sempre o falso?
E quem chega a comprar um grande Chefe,
Não pode inda melhor comprar um negro?
Amigo Doroteu, estes pretextos
São como as bigodeiras, que não podem
Fazer, se não conheçam as pessoas,
Que dançam nos teatros por dinheiro.
Não lucra, doce Amigo, o nosso Chefe
Somente em revogar os extermínios,[5]
Que fazem os Ministros: ele mesmo
Ordena se despejem os ricaços,
Ainda que estes vivam sem suspeita
Do infame contrabando: desta sorte
Os obriga também a vir à tenda
Comprar por grossas barras seus despachos.
Todos largam enfim, e todos entram
No vedado distrito, sem que importe
Haver, ou não haver de crime indício.
Só tu, meu Josefino, só tu ficas
No mandado desterro, por teimares
Em não querer largar ao vil Matúsio
Uns tantos mil cruzados, que pedia.
Só tu... Porém, Amigo, é tempo, é tempo

[5] *Extermínios*: expulsões, banimentos.

De fechar esta Carta, pois ainda
Que a matéria por nova te deleite,
A muita difusão também enfada.
Eu a pena deponho, e só te peço,
Que tomes a lição, que te apresenta
O nosso Fanfarrão no seu mulato.
Não desfaças, Amigo, as ruças Becas:
Vai-as distribuindo aos teus Lacaios,
Bem como faz o Chefe às suas fardas;
Que enquanto estes a rompem, poupam
As librés amarelas, asseadas.

CARTA 9ª

Em que se contam as desordens, que Fanfarrão obrou no governo das Tropas

Agora, Doroteu, agora estava
Bamboando na rede preguiçosa,
E tomando na fina porçolana
O mate saboroso, quando escuto
De grossa artilharia o rouco estrondo.
O sangue se congela, a casa treme,
E pesada porção de estuque velho
À violência do abalo despegada
Da barriguda esteira, faz que eu perca
A tigela esmaltada, que era a cousa,
Que tinha nesta casa de algum preço.

*

Apenas torno em mim daquele susto,
Me lembra ser o dia, em que o bom Chefe
Aos seus auxiliares lições dava,
Da que Saxe[1] chamou pequena guerra.
Amigo Doroteu, não sou tão néscio,
Que os avisos de Jove não conheça.
Castigou, castigou o meu descuido,
Pois não me deu a veia de Poeta,
Nem me trouxe por mares empolados
A Chile, para que gostoso, e mole
Descanse o corpo na franjada rede.

[1] *Saxe*: referência a Maurice de Saxe (1696-1750), conde da Saxônia e marechal de Saxe, famoso militar francês da época.

*

Nasceu o sábio Homero entre os antigos,
Para o nome cantar do Grego Aquiles;[2]
Para cantar também ao Pio Eneias,
Teve o povo Romano o seu Virgílio.
Assim para escrever os grandes feitos,
Que nosso Fanfarrão obrou em Chile,
Entendo, Doroteu, que a Providência
Lançou na culta Espanha o teu Critilo.
Ora pois, Doroteu, eu passo, eu passo
A cumprir respeitoso os meus deveres.
E já que o meu Herói agora adestra
Esquadras belicosas, também hoje
Tomarei por empresa só mostrar-te
Que ele fez na milícia grandes cousas.

*

Há nesta Capital um Regimento
De tropa regular, a quem se paga.
Tu sabes, Doroteu, que não há corpo,
Que todo de iguais membros se componha.
Das ordens mais austeras, que fizeram
Os Santos Penitentes Patriarcas,
Saíram contra o Trono rebelados
Os infames Clementes,[3] e saíram
Contra o Dogma os Calvinos, e os Luteros:[4]

[2] *Aquiles* (mitologia grega): filho de Peleu e descendente de Zeus. Principal herói da *Ilíada* de Homero. Dotado de um corpo invulnerável, exceto pelo calcanhar, era guerreiro imbatível e um dos líderes dos gregos na guerra contra Troia.

[3] *Clementes*: referência a Clemente VII (1378-94), primeiro papa do grande cisma do Ocidente, que fixou residência em Avignon (França).

[4] *Calvinos*: referência a João Calvino (1509-64), fundador da Reforma protestante na França; *Luteros*: referência a Martinho Lutero (1483-1546),

O mesmo Apostolado teve um Judas.
Se isto, Doroteu, assim sucede
Nos corpos, que se formam de escolhidos,
Que não sucederá nos grandes corpos,
Aonde se recebem as pessoas,
Que timbre fazem dos seus próprios vícios?

*

O meio, Doroteu, o forte meio,
Que os Chefes descobriram para terem
Os corpos, que governam, em sossego,
Consiste em repartirem com mão reta
Os prêmios, e os castigos, pois que poucos
Os delitos evitam, porque prezam
A cândida virtude: os mais dos homens
Aos vícios fogem, porque as penas temem.
Ora ouve, Doroteu, o como o Chefe
Os castigos reparte aos seus guerreiros.

*

Não há, não há distúrbio nesta terra,
De que mão militar não seja autora.
Chega, prezado Amigo, a ousadia
De um indigno soldado a este excesso:
Aperta na direita o ferro agudo,
E penetra as paredes de Palácio,
No meio de uma sala, aonde estavam
As duas sentinelas, que defendem
Da casa do dossel a nobre entrada.
Aqui, meu Doroteu, aqui se chega

---

teólogo e religioso fundador da Reforma protestante na Alemanha, movimento que marcou um dos maiores cismas da história do cristianismo.

Ao camarada inerme, e pelas costas
O deixa quase morto a punhaladas.

*

Que esperas tu agora, que eu te diga?
Que o militar conselho já se apressa?
Que já se liga ao poste o delinquente?
Que os olhos com o lenço já lhe cobrem?
Que a bala zunidora já lhe rompe
O peito palpitante? Que suspira?
Que lhe cai sobre os ombros a cabeça?
Meu caro Doroteu, o nosso Chefe
É muito compassivo: sim bem pode
Oprimir os paisanos inocentes,
Com pesadas cadeias: pode ainda
Ver o sangue esguichar das rotas costas
À força dos zorragues; mas não pode
Consentir que se dê nos seus soldados
Por maiores insultos, que cometam,
A pena inda mais leve: assim praticam
Os famosos guerreiros, que nasceram
Para obrarem no mundo empresas grandes.

*

Ele sim bem conhece, que não há de
Talar com estas Tropas as Campinas;
Que o Céu lhe não concede a esperança
De entrar no Templo augusto da Vitória,
Coberto de poeira, e negro sangue.
Mas sempre, Doroteu, as quer propícias:
Pois ainda que não cinjam as espadas
Para cortar Loureiros, e Carvalhos,
Que a testa lhe circulem; são aquelas,
Que prontas executam seus mandados;

São aquelas, que infundem nestes povos
O medo, e sujeição, com que toleram
O verem em desprezo as Leis Sagradas.

*

Conhece, Doroteu, o próprio Chefe,
Que vai passando a muito a liberdade
Das fardas atrevidas, e querendo
A tais desordens pôr remédio, e freio:
Não manda que se cumpram as Leis Santas,
Que aos delitos arbitram justas penas:
Manda sim um cartaz aonde inova,
Que todos os Domingos na parada
Se leia o Militar Regulamento.
Indigno, e bruto Chefe, de que serve,
Que se leiam as Leis, se os malfeitores
Dos que mandam não veem um só exemplo?
Tens visto, Doroteu, o como o Chefe
Os delitos castiga; agora sabe
Da sorte que reparte aos bons os prêmios.

*

Morreu um Capitão, e subiu logo
Ao posto devoluto um bom Tenente:
Por que foi, Doroteu? Seria acaso
Por ser Tenente antigo? ou por que tinha
Com honra militado? Não, Amigo,
Foi só porque largou três mil cruzados;
Ah não mudes a cor de teu semblante,
Prudente Maximino! Não, não mudes;
Que importa que comprasses a patente?
Se tu a merecias, a vileza
Da compra não te infama; sim ao Chefe,
Que nunca faz justiça, sem que a venda.

*

Reforma um Capitão, e no seu posto
Encaixa sem vergonha a Tomasine,
Um moço na milícia pouco esperto,
Que um ano inda não tinha de Tenente.
Em que guerras andou, em que Campanhas?
Quais as feridas, que no corpo mostra?
Aonde, aonde estão as diligências,
As grandes diligências arriscadas,
Que fez este mancebo, com que possa
Preferir aos antigos, destros Cabos?
Ah! sim, eu já me lembro! Tem serviços,
Tem famosos serviços na verdade.
A casa deste moço, bem que pobre,
É a casa somente, aonde o Chefe
Entra em ar de visita, bebe, e folga.
Aqui tens teu lugar, meu bom Lobésio;
Tu foste a Capitão, e tu passaste
Ao posto de Major em breves meses.
Quais são os teus serviços? Quais? Responde.
Mas não, não me respondas: eu conheço,
Que és tolo, que és brejeiro, e mais que mandas
As redradas[5] pedrinhas. Estes dotes
Te fazem no conceito do teu Chefe
Um digno Pai da Pátria, Herói do Reino.
Também tu, ó Padela, te distingues
Na corja dos marotos. Tu conservas
De Capitão o Cargo; mas tu logras
O soldo de Major, e mais as honras.
Que foi que te fez digno de subires
À privança do Chefe? Ah! sim, eu vejo
O teu merecimento! É cousa grande,

[5] *Redradas*: lapidadas.

Ultrajas aos Ministros, e protejes
A todos os tratantes, que exercitam
O furto, e o contrabando. Tu piedoso
Não queres ver perdido um só soldado:
Se algum, se algum consente, que se escalem
Os vedados lugares, tu escreves
Ao sucessor honrado, e lhe suplicas,
Que parte não te dê de um tal desmancho.
O teu fidalgo peito não se vence
Da sórdida avareza. Tu repartes
Os luzentes seixinhos c'o teu Chefe;
E bem, que o seu Matúsio em nome dele
Os ache miudinhos, sempre servem.
Também tu, digno Irmão, também cavalgas
O posto de Tenente, por dizeres,
Que honrado Comandante na parada
Austero te corrige por falares
Dos retos Magistrados sem respeito.
Que vezes a cachaça... mas, Amigo,
Deixemos de falar na paga Tropa,
E vamos a falar, do grande corpo
Da gente auxiliar; aqui podemos
Acabar de dizer o mais que falta.

*

Tinha este continente levantados
De tropa auxiliar uns treze corpos.
O nosso Chefe ainda não se farta:
Alista o Povo inteiro, e dele forma
Inda mais de quarenta Regimentos;
Mais faminto de ver galões, e fardas,
Que Midas[6] em trocar em ouro puro

[6] *Midas* (mitologia grega): rei da Frígia, filho de Górdio. O deus Baco, em

As cousas, em que punha o torpe dedo.
O Coronel Valente agarra tudo
Quanto tem de varão a forma, e traje:
Nem lhe obsta, Doroteu, que os seus soldados
Meninos inda sejam; que eles crescem,
E cresce com os corpos igualmente
O santo amor das armas. Muitos, muitos,
Quando vão para a Igreja receberem
As águas salvadoras do Batismo,
Já vão vestidos com a curta farda.
Este mesmo costume tem, Amigo,
O pago Regimento: apenas nasce
Aos Cabos algum filho, logo à pressa
Lhe assenta o Chefe de cadete a praça.
Venturoso costume, que promete
Produzir de cordeiros tigres bravos!
Aníbal,[7] Doroteu, desde menino
Com seu Pai militou: talvez não fosse
O terror dos Romanos, se passasse
A tenra, inda imberbe mocidade
Entre os moles prazeres de Cartago.[8]
Contudo, Doroteu, o Céu permita,
Que guerras não tenhamos; pois a termos
Algum acampamento, que constranja
A saírem da praça os Regimentos,
Há de haver bom trabalho, em conduzir-se

---

retribuição por tê-lo recebido humanamente em seu reino, resolveu conceder-lhe o que desejasse. Midas pediu que tudo aquilo que tocasse se tornasse ouro, arrependendo-se logo em seguida porque, com seu toque, mesmo os alimentos transformavam-se no metal precioso.

[7] *Aníbal*: general cartaginês (246 a.C.-183 ou 182 a.C.) que se notabilizou na segunda guerra púnica (218 a.C.-201 a.C.) invadindo a península Ibérica e chegando a ameaçar a cidade de Roma.

[8] *Cartago*: cidade do norte da África fundada por fenícios no ano 814 a.C. Foi dominada pelos romanos, após as três guerras púnicas (264 a.C.-146 a.C.).

O rancho de crianças em jacazes.[9]
Há de também haver despesa grande,
Em levar-se uma tropa de mulheres,
Que deem o peito a uns, e a outros papa.

*

Tu sabes, Doroteu, que as nossas Tropas
De Infantaria são; porém montadas:
Que as Leis do nosso Reino não consentem,
Que estas montadas Tropas se componham
De membros, que não tenham certas rendas,
Com que possam manter os seus cavalos.
Ora ouve, Doroteu, quais são as posses
Dos míseros paisanos, que se alistam
Nos fortes Regimentos. Quase todos
Um sendeiro[10] não têm, e muitos deles
Gemeram nas prisões, por não poderem
Ajeitar uma grossa, e curta farda.
Eu topei, Doroteu, por várias vezes
Atrás de um Regimento os Rapazinhos
Em veste, e mais descalços: fina ideia,
Em que deram os Cabos para verem,
Se à força de vergonha se fardavam.
Eu sei, eu sei, Amigo, que alguns destes,
Cansados de sofrerem mais opróbrios,
Fizeram fardamentos dos produtos
Dos únicos escravos, que venderam,
E dos trastes alheios, que furtaram.
Perguntarás agora, doce Amigo,
Aonde estão os ricos Taverneiros?
Aonde os Mercadores, que têm lojas,

[9] *Jacazes*: grandes cestos de taquara (bambu) ou cipó.
[10] *Sendeiro*: cavalo ruim.

A que chamam de seco, e de molhado?
Aonde, Doroteu? Eu já to digo:
Estão, estão também nos Regimentos:
Mas trazem nas direitas, que conservam
Inda lixosas peles, as bengalas.
Não rias, Doroteu, das nossas Tropas.
De que gente formou um corpo invicto
O Luso Viriato?[11] Foi de moços
Criados desde a infância nas Campanhas?
Não foi, meu Doroteu; foi de uns Pastores,
De uns Pastores incultos, que animados
Do esforço do seu Chefe, conseguiram
Vitórias singulares, contra um Povo,
Que o Mundo sujeitou à força de armas.
Os homens, Doroteu, são todos fortes
Em cima das muralhas, que defendem
As chorosas mulheres, e as fazendas,
Os ternos filhos, e os avós cansados.
A desordem, Amigo, não consiste
Em formar Esquadrões; mas sim no excesso.
Um Reino bem regido não se forma
Somente de soldados; tem de tudo;
Tem milícia, lavoura, e tem Comércio.
Se quantos forem ricos, se adornarem
Das golas, e das bandas, não teremos
Um só depositário: nem os Órfãos
Terão também tutores, quando nisto
Interessa igualmente o bem do Império.
Carece a Monarquia dez mil homens
De Tropa auxiliar? Não haja embora
De menos um soldado: mas os outros

[11] *Viriato*: pastor lusitano do século II a.C. que liderou uma série de campanhas militares que derrotaram os romanos na península Ibérica.

Vão à Pátria servir nos mais empregos:
Pois os corpos civis são como os nossos,
Que tendo um membro forte, e os outros débeis,
Se devem, Doroteu, julgar enfermos.

*

É também, Doroteu, contra a polícia
Franquearem-se as portas, a que subam
Aos distintos empregos as pessoas,
Que vêm de humildes troncos. Os Tendeiros
Mal se veem Capitães, são já Fidalgos:
Seus néscios descendentes já não querem
Conservar as tavernas, que lhes deram
Os primeiros sapatos, e os primeiros
Capotes com capuz de grosso pano.
Que Império, Doroteu, que Império pode
Um Povo sustentar, que só se forma
De nobres sem ofícios? Estes membros
Não amam, como devem, as virtudes,
Seguem à rédea solta os torpes vícios.
Daqui saem os torpes malfeitores,
Os vis alcoviteiros, os perjuros,
Os famosos ladrões; numa palavra,
A tropa insultadora dos vadios.

*

A este corpo imenso de milícia
Concede Fanfarrão as regalias,
Que as nossas Leis não dão aos bons Vassalos,
Que chegam aos empregos mais honrosos,
Em paga de proezas, e serviços.
Não quer, não quer o Chefe, que aos seus Cabos

Mandem citar os tristes acredores[12]
Por ordem de Justiça. Quais os grandes,
Que não vêm a Juízo, sem licença
Do Príncipe, a quem servem; nesta terra
Sem licença do Chefe não se citam
Os negros, os crioulos, e os mulatos,
Mal vestem a fardinha, e muito menos
Mal cingem na cintura honrosa banda.
Se alguém requer ao Chefe, que permita
Para isso faculdade, põe-lhe em cima
Da humilde petição, que o suplicado
Componha ao suplicante o que lhe deve;
Se diz o suplicado ao suplicante,
Que não lhe deve nada, foi-se embora
O sólido direito; que a polícia
Do Chefe não consente, que se ponha
Aos seus oficiais, inda que sejam
Velhacos, e ladrões, no foro um pleito.
Já viste regalia igual a esta?
A Pátria, Doroteu, concede aos nobres,
Que os postos exercitam, grossas rendas,
Com que possam pagar aos mais Vassalos
As cousas, que lhes compram: não concede
Ao mesmo General, que vista, e coma
À custa do suor dos outros homens.
E quando o Rei não quer pagar a todos
Com dinheiro contado, remunera
Os serviços com graças; mas daquelas,
Que deixam sempre intacto o jus alheio.

*

[12] *Acredores*: o mesmo que "credores".

Não são somente isentos da Justiça
Os Cabos valerosos: onde habitam,
Se acolhem, Doroteu, os malfeitores.
E quais antigas casas de Fidalgos,
Ou famosos Conventos, que na porta
Têm as grossas cadeias, onde pegam
Os míseros culpados; aqui todos
Se livram dos Meirinhos, bem que sejam
Indignos, torpes réus de Majestade.

*

Se os ousados Meirinhos entrar querem
Nas casas destes Cabos, a que chamam
Militares quartéis, os fortes donos
Encaixam nas cabeças os casquetes,
Apertam as correias, põem as bandas,
E cingindo as torcidas largas folhas,
Ultrajam com palavras a Justiça,
Resistem, gritam, ferem, matam, prendem.

*

Os zelosos juízes punir querem
A injúria da Justiça; formam autos,
Procedem às devassas, pronunciam,
E mandam, que esses nomes se descrevam
Nos róis dos mais culpados. Mas, Amigo,
De que serve fazer-se o que as Leis mandam
Na terra, que governa um bruto Chefe,
Que não tem outra Lei mais que a vontade?
O Chefe onipotente logo envia
Atrevidos soldados, que chegando
À casa do Escrivão, os nomes riscam
Do rol dos delinquentes, e lhe arrancam
Da fechada gaveta os próprios autos.

Ousado, indigno Chefe, que governo,
Que governo nos fazes? A milícia
Ergueu-se para guarda dos Vassalos,
E tu, e tu trabalhas, por que seja
A mesma, que nos prive do sossego,
Que próvidas nos dão as Leis sagradas.

*

Agora, Doroteu, talvez trabalhes
Em achar o motivo, por que o Chefe
Concede tanto indulto aos seus soldados.
Pois ele, Doroteu, não é o enigma,
Que vem nos doces versos de Virgílio
De umas flores, que têm de Reis os nomes
Escritos sobre as folhas,[13] e do sítio,
De que três braças só do Céu se avista.[14]
O Chefe, Doroteu, só quer dinheiro,
E dando aos militares regalias,
Podem os grandes postos, que lhes vende,
Subir à proporção também de preço.
Tu assim o conheces, Cata Preta,
Pois deste mil oitavas, por trazeres
Lavrado castão, de ouro sobre a cana.
Tu também, Capanema, assim discorres;
Pois largaste seiscentos por vestires

[13] Referência ao enigma dos versos 106-7 da *Bucólica III*, de Virgílio, relativo ao jacinto — flor que teria sobre as pétalas as letras iniciais do nome de Ajax (rei de Salamina e herói da guerra de Troia). Em outra interpretação, as letras levariam ao nome do príncipe lacedemônio Jacinto, amado ao mesmo tempo por Apolo e Zéfiro. Morto por este último, por ciúme, foi transformado na flor por Apolo.

[14] Referência ao enigma dos versos 104-6 da *Bucólica III*, de Virgílio, proposto pelo personagem Dametas a Menalcas, que seria considerado maior que Apolo se o desvendasse. O enigma poderia ser relativo ao túmulo de Célio, a um certo poço no Egito, por onde entrava luz somente no solstício de verão, ou a um templo subterrâneo de Roma que se abria somente três vezes ao ano.

De Capitão Maior vermelha farda.
Todos assim o julgam. Ah! Só pensa
De diversa maneira aquele néscio,
Que sofreu, que Matúsio lhe rompesse
A passada Patente à sua vista,
Por não largar de luvas os trezentos.

*

Dize-me, Doroteu, um Chefe sábio
Levanta nas Conquistas umas Tropas,
Com que não pode a força do distante
Conquistador Império? Infunde, inspira
Nos Cabos tanto orgulho, que se atrevam
A resistir aos mesmos Magistrados,
Que a pessoa do Augusto representam?
Maldito, Doroteu, maldito seja
Um Bruto, que só quer a todo custo
Entesourar o sórdido dinheiro.

CARTA 10ª

Em que se contam as desordens maiores, que Fanfarrão fez no seu Governo

Quis, Amigo, compor sentidos versos
A uma longa ausência, e para encher-me
De ternas expressões, de imagens tristes,
À banca fui sentar-me com projeto
De ler primeiramente algumas obras
No meu já roto, destroncado Ovídio.
Abri-o nas saudosas elegias;
E quando me embebia na leitura
Dos casos lastimosos, que ele pinta
Na passagem, que fez ao Ponto Euxínio,
Encontro aqueles versos, que descrevem
As ondas decumanas:[1] de repente
Me sobe ao pensamento, que estas eram
Do nosso Fanfarrão imagem viva.
Os mares, Doroteu, jamais descansam.
Agitam sem cessar as verdes águas;
E depois que levantam ondas nove
Com menos fortidão, despedem outra,
Que corre mais ligeira, e que se quebra
Nos musgosos rochedos com mais força.
Assim o nosso Chefe não descansa
De fazer, Doroteu, no seu Governo
Asneiras, sobre asneiras: e entre as muitas,
Que menos violentas nos parecem,

[1] *Ondas decumanas*: referência aos versos 49-50 da "Elegia II", livro 1 da obra *Tristes*, de Ovídio, onde é mencionada a décima onda do mar que, segundo acreditavam os gregos, viria com mais força que as outras, após três séries sucessivas de três.

Pratica outras, que excedem muito, e muito
As raias dos humanos desconcertos.
Perdoa, minha Nise, que eu desista
Do intento começado. Tu mil vezes
Nos meus olhos já leste os meus afetos,
Não careces de os ler nos meus escritos.
Perdoa pois que eu gaste as breves horas
A contar as asneiras decumanas
Do nosso Fanfarrão ao caro Amigo.
E tu, meu Doroteu, antes que leias
O que vou a contar-te, jurar deves
Pelos olhos da tua amada esposa,
Por seu louro cabelo, e pelo dia,
Em que viste na sua alegre boca,
O primeiro sorriso, que não hás de
Duvidar do que leres, bem que sejam
Desordens, que pareçam impossíveis.

*

A Junta, Doroteu, a quem pertence
Evitar Contrabandos, prende, envia
À sábia Relação do Continente[2]
A trinta delinquentes, para serem
Castigados conforme os seus delitos.
Entende o nosso Chefe, que esta Junta
Não devia mandar aos malfeitores
Sem sua autoridade; e dela toma
O mais estranho, bárbaro despique:[3]
Manda embargar aos presos na Cadeia
Do nosso Sant'Iago, e manda ao pobre

[2] *Relação do Continente*: referência ao mais elevado tribunal instalado na colônia. Na época, havia dois na América portuguesa: o da Bahia e o do Rio de Janeiro.

[3] *Despique*: desforra, vingança.

Do condutor meirinho, que os sustente,
Assistindo também aos que enfermarem
Com médicos, remédios, e galinhas.
Acaba-se o dinheiro, que lhe deram,
Para fazer os gastos do caminho;
Recorre neste aperto ao bruto Chefe,
Expõe-lhe, que não tem, com que alimente
Ao menos a si próprio; pede, e roga,
Que o deixe recolher à pátria terra,
Para nela exercer seu pobre ofício.
Tão terna rogativa não merece
Do Chefe a compaixão; antes lhe ordena,
Quc assista, como dantes, aos culpados
De todo o necessário na enxovia:
Que a faltar-lhe o dinheiro para os gastos,
Ou que o peça, ou que o furte. Caro Amigo,
Da boca de uma Fúria[4] sairia
Mais dura decisão? por que motivo
Deve um pobre meirinho dar sustento
A mais de trinta presos? são seus filhos?
E ainda a serem filhos, um Pai justo,
Que fazenda não tem, vive obrigado
A sustentar infames malfeitores
Por meio de culpáveis latrocínios?
Suponho, Doroteu, suponho ainda,
Que a Junta fez excesso na remessa
Dos presos sem licença. Neste caso
Merece o condutor algum castigo?
Ele fez outra cousa, que não fosse
Cumprir o que mandaram os seus maiores?
Podia repugnar-lhes sem delito?

[4] *Fúria*: Referência às Fúrias (mitologia greco-romana), mulheres aladas às vezes representadas com açoites e tochas nas mãos, cercadas de serpentes. Por meio de provocações insuportáveis, levavam à loucura os culpados pelos crimes de morte.

Amigo Doroteu, o nosso Chefe
É qual mulher ciosa, que não pode
Vingar no vário amante os duros zelos,
E vai desafogar as suas iras
Bebendo o sangue de inocentes filhos.

*

Depois de se passarem alguns anos;
Depois que o bom meirinho já não tinha
Vestido que vendesse, nem pessoa,
Que um chavo lhe fiasse; o bruto Chefe
Passa a fazer um novo despotismo.
Ordena, que os culpados sejam soltos:
E dizem lhes mandara vinte oitavas
Para os gastos fazerem da fugida.
Até aqui pagou o seu desgosto
O pobre condutor: agora o paga
A triste, aflita pátria; pois lhe aumenta
Dos torpes malfeitores a quadrilha.
É esta, Doroteu, a sua gente;
Trafica em cousa santa, no Comércio
Da compra, e mais da venda de seixinhos,
Negócio avantajado, e mais seguro,
Que o meter entre os fardos das baetas
Os pesados galões, e as drogas[5] finas.
Preza o bravo Leão aos Leões bravos,
A fraca pomba preza as pombas fracas;
E o homem apesar do raciocínio,
Que a verdade lhe mostra, estima aos homens,
Que têm iguais paixões, e os mesmos vícios.

[5] *Drogas*: tecidos finos de lã ou de seda.

*

Avisam ao bom Chefe, que um Ministro
Queria, que os soldados lhe mostrassem
As ordens, com que entravam a fazerem
Prisões no seu distrito. Investe o bruto
Qual touro levantado, a quem acenam
C'os vermelhos droguetes[6] os Capinhas.
Escreve-lhe uma carta, em que lhe ordena,
Lhe dê logo as razões, em que se funda.
Inda pede as razões, e já lhe estranha
O néscio proceder: aqui não para
Tão rápida desordem: manda um corpo
De ousados Militares, que conduzam
Ao Magistrado a carta; e lhes ordena,
Que fiquem nesta Vila sustentados
À custa, Doroteu, do aflito povo.
Não se concede ao pobre, que sustente
Em casa o seu soldado: manda o Chefe,
Que a cada um se dê em cada um dia
Para sustento meia oitava de ouro,
Fora milho, e capim para o cavalo,
E não entrando aqui o Régio soldo.
Que santo proceder! um deus irado,
Se houvessem[7] sete justos, perdoava
Os imensos delitos de Sodoma:[8]
E o nosso chefe pelo crime,
Pelo sonhado crime de um só homem

[6] *Droguetes*: capa de seda, forrada de lã ou algodão, usada por toureiros ou "capinhas".

[7] *Houvessem*: em vez de "houvesse".

[8] Referência à passagem da Bíblia (Gn. 19, 22-32), sobre a destruição de Sodoma, onde Deus diz a Ló que pouparia a cidade se nela fossem encontrados pelo menos dez — e não sete — justos.

Castiga como réu de Majestade
Formado de inocentes todo um povo.

*

Faz penhora Macedo em certas barras,
Que a um seu devedor devia Mévio.
Recorre ao Magistrado Silverino,
Pedindo que mandasse, que o dinheiro
A Juízo viesse; pois queria
Sobre ele disputar a preferência
Na forma, que concede a Lei do Reino.
Cita-se ao triste Mévio, e deposita
As barras em Juízo prontamente.
Conhece Silverino, que Macedo
Para a vitória tem melhor direito;
Não quer seguir a causa na presença
De um reto Magistrado, que profere,
Na forma, que as Leis mandam, as sentenças:
Recorre ao General, e o bruto Chefe
Decide desta sorte o longo pleito:
Habita nesta terra um homem rico,
Que tem de Albino o nome; e dizem trata
A Mévio devedor por seu sobrinho.
Manda pois, Doroteu, o grande Chefe,
Que Albino se recolha na Cadeia,
E more com os negros na enxovia,
Enquanto não pagar a Silverino,
Outra tanta quantia, quanta Mévio
Depositou doloso, por que houvesse
Entre os dous acredores um litígio.
Eis aqui, Doroteu, o que é ciência!
As nossas Leis não querem, que o Pai solva
O calote, que fez o próprio filho:
E quer um General, que Albino pague
Da sórdida masmorra novamente

A soma que pagou o bom sobrinho!
Aonde existe o dolo? A lei não manda,
Que todo o que temer, que alguém lhe peça
Segundo pagamento, se segure
Metendo no depósito o que deve?
Pois se isto nos faculta o são direito,
Que delito comete aquele triste,
Que a dívida em Juízo deposita,
Quando o sábio Juiz assim o manda,
Porque o mesmo Credor assim o pede?
E se Mévio fez dolo, por que causa
Há de Albino pagar a culpa dele?
Porque lhe aconselhou, que não pagasse
Outra tanta quantia a Silverino?
Aconselhar conforme as Leis do Reino,
É culpa que mereça um tal castigo?
E pode ser castigo regulado
Pagar o conselheiro aquela soma,
Que o mesmo aconselhado não devia?
Não é isto furtar? Não é violência?
Ah pobre, ah pobre povo, a quem governa
Um bruto General, que ao Céu não teme,
Nem tem o menor pejo, de lhe verem
Tão indignas ações os outros homens!

*

Há neste regimento um moço Adônis,
Amores de uma escrava, cuja dona
Depois de cativar a muitos peitos,
Ao nosso Herói atou também ao carro
Dos seus cruéis triunfos. Cego Numen,[9]

[9] *Cego Numen*: referência a Cupido (mitologia greco-romana), o deus do amor na mitologia romana (Eros, entre os gregos), geralmente representado

Qual é, qual é dos homens, que não honra
Com puros sacrifícios teus altares!
Tu vences os pequenos, mais os grandes:
Tu vences os estultos, mais os sábios:
Tu vences, que inda é mais, as mesmas feras;
E bem que cinja o grosso peito d'aço,
Não pode resistir às tuas setas
O duro coração do próprio Marte.

*

Intenta este soldado, que o Ministro
Lhe remate umas casas, e consegue
Um despacho do Chefe, em que decreta,
Que nelas ninguém lance: cousa estranha,
Que entendo nunca viu nenhuma idade!
O reto Magistrado, que respeita
Mais que ao Chefe, as Leis do seu Monarca,
Ordena, que o porteiro incontinenti
As pertendidas casas meta a lanço.
Honrado cidadão o preço cobre.
O porteiro passeia pela rua;
Repete em alta voz o lanço novo,
E prossegue a falar assim dizendo:
"Dou-lhe uma, dou-lhe duas, dou-lhe três,
Dou-lhe outra mais pequena: afronta faço;
Se ninguém mais me oferece, arremato".
Ao lanço de Brundúsio ninguém chega.
Informado o Juiz ordena, e manda,
Que o prédio se remate: então se chega
O Porteiro risonho ao Licitante,
E lhe diz, que lhe faça bom proveito,

---

como um menino nu, alado e com venda nos olhos, portando arco e flechas que despertam a paixão em quem é alvejado por elas.

Ao mesmo tempo, que lhe entrega o ramo.
Parte logo o soldado, e conta ao Chefe
O sucesso da praça: o bruto monstro,
Julgando profanado o seu respeito,
Manda lançar no pobre Licitante
Um pesado grilhão, e manda pô-lo
Ajoujado com despido negro
A trabalhar nas obras da Cadeia;
O preso injuriado desfalece,
E o Chefe desumano desce à rua,
Para que possa de mais perto vê-lo.
Sucede a um desmaio, outro desmaio;
O negro companheiro então lhe acode,
Nos braços compassivos o sustenta;
Porém o velho Chefe que deseja
O vê-lo ali morrer, por um soldado
Manda ao negro dizer, que ao preso deixe,
E cuide em prosseguir no seu trabalho.
Os mesmos desumanos, que rodeiam
Tão bruto General, aqueles mesmos,
Que alegres executam seus mandados,
Apenas escutaram tal preceito,
Um pouco emudeceram, e tiveram
Os rostos tristes muito tempo baixos.
Os outros, Doroteu, deram suspiros,
E bem que forcejaram, não puderam
Fazer, que os olhos não se enchessem d'água.

*

Eu creio, Doroteu, que tu já leste,
Que um César dos Romanos pertendera
Vestir ao seu cavalo a nobre toga,
Dos velhos Senadores. Esta história
Pode servir de fábula, que mostre,

Que muitos homens mais que as feras brutos
Na verdade conseguem grandes honras.
Mas ah! prezado Amigo, que ditosa
Não fora a nossa Chile, se antes visse
Adornado um cavalo com insígnias
De General supremo, do que ver-se
Obrigada a dobrar os seus joelhos
Na presença de um Chefe, a quem os Deuses
Somente deram a figura de homem!
Então, prezado Amigo, o néscio Povo
Com fitas lhe enfeitara as negras clinas:
Ornara a estrebaria com tapetes,
Com formosas pinturas, ricos panos,
Bordados reposteiros, e cortinas.
Um dos grandes da terra lhe levara
Licor para beber em baldes d'ouro:
Outro lhe dera o milho em ricas salvas:
Mas sempre, Doroteu, aqueles néscios,
Que ao bruto respeitassem, poderiam
Servi-lo acautelados, e de sorte,
Que dar-lhe não pudesse um leve couce.
Eis aqui, Doroteu, o que nos nega
Uma heroica virtude. Um louco Chefe
O poder exercita do Monarca:
E os súditos não poderem, nem fugir-lhe,
Nem tirar-lhe da mão a injusta espada.

*

Mas, caro Doroteu, um Chefe destes,
Só vem para castigos de pecados.
Os deuses não carecem de mandarem
Flagelos esquisitos: quase sempre
Nos punem com as cousas ordinárias.
O mundo inda não viu senão um corpo

Em branco sal mudado, e só no Egito[10]
Fez novas penas de Moisés a Vara.[11]
Perguntarás agora, que torpezas
Comete a nossa Chile, que mereça
Tão estranho flagelo? não há homem,
Que viva isento de delitos graves;
E aonde se amontoam os viventes,
Em cidades, ou vilas, aí crescem
Os crimes e as desordens aos milhares.
Talvez, prezado Amigo, que nós hoje
Sintamos os castigos dos insultos,
Que nossos Pais fizeram. Estes campos
Estão cobertos de insepultos ossos,
De inumeráveis homens, que mataram.
Aqui os Europeus se divertiam
Em andarem à caça dos Gentios,
Como à caça das feras, pelos matos.
Havia tal, que dava aos seus cachorros
Por diário sustento humana carne;
Querendo desculpar tão grave culpa
Com dizer, que os Gentios, bem que tinham
A nossa similhança enquanto aos corpos,
Não eram como nós enquanto às almas.
Que muito pois que Deus levante o braço,
E puna os descendentes de uns tiranos,
Que sem razão alguma, e por capricho
Espalharam na terra tanto sangue!

[10] Referência à mulher de Ló, que, segundo a Bíblia (Gn. 19, 23-6), desobedecendo a ordem de Deus, olhou para trás enquanto escapava, junto com a família, da destruição de Sodoma e Gomorra, sendo por isso transformada numa estátua de sal.

[11] Referência à vara pela qual Moisés realizou diversos milagres ao libertar os israelistas do cativeiro do Egito (ver nota 12 da "Carta 1ª").

CARTA 11ª

Em que se contam as brejeirices de Fanfarrão

No meio desta terra há uma ponte,
Em cujos dous extremos se levantam
De dous grossos rendeiros as moradas;
E apenas, Doroteu, o Sol declina
A descansar de Tétis[1] no regaço,
Neste agradável sítio vão sentar-se
Os principais marotos, e com eles
A brejeira família de Palácio.

*

Aqui, meu bom Amigo, aqui se passam
As horas em conversa deleitosa.
Um conta que o Ministro à meia-noite,
Entrara no quintal de certa dama:
Diz outro, que se expôs uma criança
À porta de Florício, e já lhe assina
O Pai, e mais a Mãe: aquele aumenta
A bulha, que Dirceu com Laura teve
Por ciúmes cruéis da sua amásia.
Esta chama a Simplício caloteiro,
E mofa ao mesmo tempo de Frondélio,
Que o seu dinheiro guarda: enfim Amigo,
Aqui, aqui de tudo se murmura:
Só se livra da língua venenosa,
O que contrata em vendas de despachos,

[1] *Tétis* (mitologia greco-romana): entre os latinos, deusa do mar. Era mãe de Aquiles.

E quem se alegra ao ver que a sua moça
Ajunta pela prenda um par de oitavas:
Que os membros do congresso são prudentes,
E não querem, que alguns dos companheiros
Tomem esta conversa em ar de chasco.[2]
Amigo Doroteu, ah! neste sítio
Eu não me dilatara um breve instante
Em dia de trovões, bem que estivesse
Plantado todo de Loureiros machos![3]

*

Por este sítio pois passei há pouco,
Cuidando, que por ser mui cedo ainda,
Não toparia a corja dos marotos.
Mas apenas a vi, fiquei tremendo,
Qual fraco passageiro, quando avista
Em deserto lugar pintadas Onças.
Contudo, Doroteu, criei esforço,
E fui atravessando pelo meio,
Rezando sempre o Credo, e por cautela
Fazendo muitas cruzes sobre o peito.
Apenas me salvei daquele risco,
Um suspiro soltei, que encheu os ares,
E voltando o semblante para o sítio,
Em que os tais mariolas[4] se assentavam,
Maneando a cabeça um par de vezes,
E soltando um sorriso em ar de mofa,
Dentro do meu discurso assim lhes falo:
"Vocês, meus mariolas, meus tratantes,
Estão contando histórias das pessoas,

[2] *Chasco*: zombaria.

[3] Referência a uma crença popular segundo a qual não caem raios onde estão plantados loureiros machos.

[4] *Mariolas*: patifes, velhacos.

De quem não são afetos, por que as levem
Aos ouvidos do Chefe os seus Lacaios;
Pois eu também já vou contar verdades,
Em que possam falar os homens sérios,
Inda daqui a mais de um cento de anos".
Recolhi-me à choupana, e de repente,
Sem tirar a gravata do pescoço,
Entrei a pôr em limpo esta cartinha,
Que já pelo caminho vim compondo.

*

Entendo, Doroteu, que as nossas almas
Não são todas iguais: que o grande Jove
Fez umas de matéria muito pura,
Fez outras de matéria mais grosseira,
Por não perder as borras, que ficaram.
Entendo ainda mais, que o despenseiro,
Quando lhe vão pedir algumas almas,
Vai dando aquelas, que primeiro encontra;
Por isso às vezes nascem os mochilas[5]
Com brios de fidalgos; outras vezes
Os nobres com espíritos humildes,
Só dignos de animarem vis lacaios.
O nosso Fanfarrão, prezado Amigo,
Nos dá mui boa prova: não se nega,
Que tenha ilustre sangue; mas não dizem
Com seu ilustre sangue as suas obras.

*

Apenas, Doroteu, a noite chega,
Ninguém andar já pode sem cautela,

[5] *Mochilas*: corcundas.

Nos sujos corredores de Palácio.
Uns batem com os peitos noutros peitos;
Uns quebram as testas noutras testas;
Qual leva um encontrão que o vira em roda;
E qual por defender a cara, fura
Com os dedos, que estende, incautos olhos.
Aqui se quebra a porta, e ninguém fala:
Ali range a couceira,[6] e soa a chave:
Este anda de mansinho: aquele corre:
Um grita que o pisaram: outro inquire
"Quem é?" ao vulto, que lhe não responde.
Não temas, Doroteu, que não é nada;
Não são ladrões, que ofendam, são donzelas,
Que buscam aos devotos, que costumam
Fazer de quando em quando a sua esmola.

*

Chegam-se enfim as horas, em que o sono
Estende na Cidade as negras asas
Em cima dos viventes, espremendo
Viçosas dormideiras. Tudo fica
Em profundo silêncio; só a casa,
A casa, aonde habita o grande Chefe,
Parece, Doroteu, que vem abaixo.
Fingindo a moça, que levanta a saia,
E voando nas pontas dos dedinhos,
Prega no machacaz[7] de quem mais gosta,
A lasciva embigada, abrindo os braços:
Então o machacaz mexendo a bunda,
Pondo uma mão na testa, outra na ilharga,

[6] *Couceira*: soleira da porta.

[7] *Machacaz*: pode significar "homem corpulento", mas também "manhoso", "espertalhão", "astucioso", "finório".

Ou dando alguns estalos com os dedos,
Seguindo das violas o compasso,
Lhe diz: “eu pago, eu pago”; e de repente
Sobre a torpe michela[8] atira o salto.
Ó dança venturosa! tu entravas
Nas humildes choupanas, onde as negras,
Aonde as vis mulatas, apertando
Por baixo do bandulho a larga cinta
Te honravam c’os marotos, e brejeiros,
Batendo sobre o chão o pé descalço.
Agora já consegues ter entrada
Nas casas mais honestas, e Palácios.
Ah! tu, famoso Chefe, dás exemplo.
Tu já, tu já batucas escondido
Debaixo dos teus tetos, com a moça,
Que furtou ao senhor o teu Ribério!
Tu também já batucas sobre a sala
Da formosa Comadre, quando o pede
A borracha função do santo Entrudo![9]
Ah! que isto sendo pouco, é muito, e muito;
Que os exemplos dos Chefes logo correm,
E correm muito mais, quando fomentam
Aqueles vícios, a que os gênios puxam.

*

O tempo, Doroteu, voando foge,
E nunca os de Palácio imaginaram,
Que tão veloz fugia, como agora.
Acaba-se a função, e chega o dia:
Vem abrir as janelas um criado,
E o Chefe lhe pergunta, que algazarra

[8] *Michela*: meretriz, prostituta.
[9] *Borracha*: ébria; *entrudo*: os três dias que precedem a Quaresma; Carnaval.

Fizeram os mais servos toda a noite,
Que o não deixou dormir um breve instante.
O criado, que sabe, que o bom Chefe
Só quer, que lhe confessem a verdade,
O sucesso lhe conta desta sorte:
"Fizemos esta noite um tal batuque:
Na ceia todos nós nos alegramos:
Entrou nele a mulher do teu Lacaio.
Um só, senhor, não houve, que lascivo
Com ela não brincasse: todos eles
De bêbedos, que estavam, não puderam
O intento conseguir; só eu mais forte...".
Apenas isto diz o vil criado,
O Chefe as costas vira, e lhe responde,
Soltando um grande riso: "fora, fracos".

*

Já disse, Doroteu, que as mocetonas
Só entram em Palácio, quando estende
A noite sobre a terra a negra capa.
Que a formosa virtude da cautela
Até parece bem naquele mesmo,
A quem a profissão lhe não exige,
Que viva recatado, como vivem
As moças, que inda querem ser donzelas.
Agora, Doroteu, julgar já podes,
Que saem de Palácio muito cedo.
Assim é, Doroteu; as donzelinhas
Pela porta travessa vão saindo
Mal tocam as garridas à primeira.
Mas a bela Rosinha, fica, e dorme
Nos braços de Matúsio a madrugada.
Só sai de dia claro, e o grande Chefe
Lhe atira uma pedrinha da janela,
Só para que lhe dê um ar de graça.

Que grande estimação, Rosica bela!
Aqui se mostra bem, que as outras moças
Não trazem, como trazes lucro à casa.

*

Não há, prezado Amigo, quem não queira
Mostrar-se liberal com sua dama.
Para dar-lhe o vestido, mais a capa,
O manto, a saia, a meia, a fita, o pente,
Tira o pobre de si, e destro furta
O peralta rapaz ao Pai jarreta.[10]
Eu mesmo, Doroteu, que fui dos santos,
Que em Salamanca andaram, umas vezes
Doenças afetava, outras fingia
Necessitar de livros, ou de um traste
Para mandar de mimo a certo Lente.
Maldita sejas tu, harpia[11] Olaia,
Que enquanto não abria a minha bolsa,
Não mostravas também alegre os dentes!
Esta paixão, Amigo, que nos vence,
Nos próprios animais também se observa.
Esgravatam os galos sobre a terra,
E mal topam o grão, ou a migalha,
Contentes cacarejam, por que a moça
Se vá utilizar do seu trabalho:
O nosso ilustre Chefe, que se julga
De mui diversa massa, do que somos,
Neste ponto também, também conhece,
Que está sujeito à miséria d'homem.

[10] *Jarreta*: ébrio, bêbado.

[11] *Harpia* (mitologia greco-romana): monstro alado com corpo de abutre e rosto de mulher.

*

Nas obras, doce Amigo, da Cadeia
Trabalham jornaleiros por salário.
Aqueles, que carregam cal, e pedra,
Só ganham por semana meia oitava.
Aqueles, que trabalham de Canteiro[12]
Ao menos ganham cada dia um quarto.
Tem pois certa mocinha quatro negros,
Que apenas são serventes: mas o Chefe
Ordena, que na féria se lhes pague
A quarto os seus jornais, e creio, Amigo,
Que ainda não consente se descontem
Os muitos dias, que nas obras faltam.

*

As casas, onde mora esta madama,
Ainda não estavam acabadas:
Agora já de longe a cal alveja:
Quem entra dentro delas, já recreia
Os olhos nas pinturas das paredes,
E teto apainelado, a quem um dia
Supria, Doroteu, a grossa esteira.
Não quis o nosso Herói, chamasse a moça
Para mestre das obras um pedreiro:
Entregou o conserto ao grão Tenente,
Que o fez bem baratinho c'o massame,[13]
Que pertencia às obras da Cadeia.

*

[12] *Canteiro*: operário que lavra pedras de cantaria; pedreiro.
[13] *Massame*: lastro de pedras e argamassa para assentamento de ladrilhos.

Entende Fanfarrão, que não devia
Deixar ao desamparo a sua dama;
Que a Lei da Igreja pede, que amparemos
As que por nossa culpa se perderam,
E a Lei da fidalguia, que professa
O nosso Chefe, manda, que ele ampare
Às mesmas, que na fama, já têm nota,
Contanto, que isto seja à custa alheia.
Chama pois o bom Chefe a um peralta,
Que era cabo de esquadra, e lhe comete
A glória de casar com uma dama,
Que se não fez descer dos Céus à terra
Ao Supremo Tonante,[14] fez contudo
Humanizar um Chefe, que descende
Da mais distinta, mais soberba raça.
Que súbita alegria banha o rosto
Deste inocente Cabo! nos seus olhos
As lágrimas rebentam, os seus beiços
Formar não podem uma só palavra.
A dita, Doroteu, é muito grande.
Que fortuna não é casar um pobre
Com a rica viúva de um fidalgo?
Chamar ao fidalguinho, que ele deixa,
Ou enteado, ou filho? Aparentar-se
Com todos os magnates desta terra
Em grau tão conhecido e tão chegado?
Esta grande ventura, doce Amigo,
Para todos não é. Um negro demo
A guarda para prêmio dos serviços
Dos Chefes principais dos seus bandalhos.

*

[14] *Tonante* (mitologia romana): outro nome de Jove (Júpiter).

Mas ah! prezado Amigo, que o bom Chefe
Já manda aparelhar as magras bestas,
Que têm de conduzir-lhe o pobre fato,
Que trouxe lá da Corte, e se o casquilho
Não chega a receber a cara esposa,
Primeiro que ele no governo morra,
Bem pode ser, Amigo, se arrependa,
E que depois de ter cingido a banda,
E empunhado o bastão, lhe pregue o mono.[15]
Faltaram às promessas outros homens,
Que de honrados nos deram muitas provas.
Como faltar não pode ao seu ajuste
Um fraco coração, uma alma indigna,
Que por tão baixo preço a honra vende?
Cautela e mais cautela; sim o Chefe
Não saberá mandar armadas tropas,
Nem saberá reger as cultas gentes:
Mas para não o lograrem, sabe astuto
Dar todas as cadimas[16] providências.
Escreve ao velho Bispo, e lhe suplica,
Que em todos os três banhos[17] o dispense.
Não expende razão, que justa seja:
Porém o velho Bispo tem bom gênio,
E em todos os proclamas o dispensa:
Que ele tem grandes letras, e bem sabe,
Que os Cânones da Igreja não pensaram
Da espécie singular de quando um Chefe
Quer à pressa casar a sua amásia.
Ah! se ele estas desordens não fizera,
Não daria motivo a ser cantado
Por sábia, oculta Musa em um Poema!

[15] *Lhe pregue o mono*: engane, logre.

[16] *Cadimas*: hábeis, ágeis.

[17] *Banhos*: proclamas de casamento feitos em três missas para que quem souber de algum impedimento ao matrimônio o declare ao pároco.

*

Agora inquirirás, prezado Amigo,
Se é este sábio Bispo aquele mesmo,
Que o bruto Fanfarrão um certo dia
Meteu na sua sege do lado esquerdo.
É este, sim, senhor, o mesmo Bispo,
A quem o nosso Chefe desalmado,
Enquanto governou a nossa Chile,
Já dentro de Palácio, e já na rua
Tratou, como quem trata um vil podengo.[18]
De novo inquirirás: "Então o Chefe,
Que trata dessa sorte ao seu Prelado,
Atreve-se a pedir-lhe, que lhe faça
Dispensa em uma Lei a benefício
Da sua torpe amásia?". Eu, doce Amigo,
Ainda duvidara, se pedira,
Me desse absolvição dos meus pecados,
Ao ver-me para dar a Deus minha alma.
O mesmo, Doroteu, também fizeras:
Mas tu, prezado Amigo, não conheces
O sistema, que tem tão vil canalha.
Uma mui grande parte destes Chefes
Assenta em procurar seu interesse
Por todos os caminhos, e acredita,
Que o brio, e pundonor que nós prezamos,
São umas vãs fantasmas, que só devem
Honrar de simples voz aqueles homens,
Que vêm de uma distinta, e velha raça.
Para estes a nobreza está nos termos
Do sórdido monturo, em que se deita
Quanta imundice têm as velhas casas.
Ditoso de quem vive neste mundo

[18] *Podengo*: cão de caça.

No estado de ver rir os outros homens
Das suas vis ações, sem que lhe suba
Um vermelho sinal de pejo à cara!
Mas ah! meu doce Amigo, quanto, quanto
Se enganam estes monstros, que a nobreza
É um vestido branco, aonde logo
Aos olhos aparece a leve mancha!

*

Já chega, Doroteu, o alegre dia,
O dia venturoso do noivado:
Entra no Santo Templo a linda esposa
Coberta toda de umas novas graças.
Os seus louros cabelos não flutuam
Levados pelo vento a toda parte.
Em trança se dividem, e se prendem
No pente, a quem esconde um branco laço:
Nos cabelos da frente resplandecem
Das pedras de mais custo os fogos vários:
A sua testa iguala a pura neve,
E são da cor da rosa as suas faces;
São pérolas mimosas os seus dentes,
As gengivas rubins, e os grossos beiços
Estão cobertos dos cheirosos cravos.
Talvez, talvez não fosse tão formosa
A mesma, que obrigou ao forte Aquiles,
A que terno vestisse a mole saia.[19]

*

[19] Referência a uma versão do mito de Aquiles (mitologia grega) segundo a qual Tétis, sua mãe, procurando impedir que o filho partisse para a guerra de Troia, vestiu-o com roupas femininas e o levou para a corte do rei Licomedes, na ilha de Ciros.

Neste sagrado Templo não se adora
A imagem de Himeneu:[20] aqui os noivos
Para prova da fé, que eterna dura,
Não recebem na mão acesa tocha.
Ministro do Senhor é quem os prende
Cobrindo as castas mãos, com que se enlaçam
Co' a branca ponta da pendente estola.
Aqui lascivas Graças, nus Amores,
Não cercam os consortes, nem maneiam
Em torno dos altares, e das piras
Os vistosos festões de lindas flores.
Aqui, aqui só entram as virtudes,
A cândida Modéstia, a Inocência,
A Santa Honestidade, e a Vergonha.
São estas, e não outras as que correm
A receber à porta do Edifício
Os sinceros amantes: sim são estas,
São estas, e não outras, as que espalham
Debaixo dos seus pés cheirosas folhas,
E as que fazem queimar sobre os braseiros
O incenso devoto, e os mais aromas.

*

Recebem estes Gênios aos dous noivos,
E ao Ministro do altar os apresentam.
Ah! formosa Marília, agora, agora
Se aumentam tuas graças, pois te aviva
A cor da linda face um novo pejo!
Com que custo não dás a mão nevada
Ao teu amado Adônis, que a recebe,
Como quem lucra nela o seu Tesouro!

[20] *Himeneu* (mitologia grega): deus do matrimônio, que, segundo uma das lendas, seria filho de Apolo e Calíope.

*

Já não veste Jelônio a grossa farda
Com divisas de lã, e sobre a testa
Não põe a barretina, que enfeita
Com armas, e botões de grosso estanho.
Já não cinje as correias amarelas,
Nem carrega na cinta o peso enorme
Dos férreos corpos da comprida espada.
Jelônio se mudou, Jelônio é outro.
Já brilham nos canhões os alamares[21]
Das finas lantejoulas, e nos ombros
Já brilham as dragonas enfeitadas
C'os grandes cachos das lustrosas flores.
Jelônio se mudou, Jelônio é outro.
A veste de cetim já resplandece
Orlada c'o galão da fina prata,
E por cima da veste, já se enrola
Na cintura a vermelha, e rica banda.
Jelônio se mudou, Jelônio é outro.
Como está belo! Como está casquilho!
Conserta do babado a fina renda,
Olha uma, e outra vez os alamares;
Endireita a cucula,[22] estende a perna;
Não consente um só fio sobre a farda:
Levanta o pescocinho, morde os beiços,
E o seu cabelo com a mão afaga.
Jelônio se namora de si mesmo,
Ainda, ainda mais que o terno Adônis,
Quando viu o seu rosto dentro d'água.[23]

[21] *Canhões*: extremidades da manga do vestuário, da luva ou da bota, reviradas ou não; *alamares*: enfeites de cordão, trança ou franja, de ouro ou prata, lã ou algodão, aplicados aos uniformes.

[22] *Cucula*: capuz, capelo.

[23] O poeta confunde o mito de Adônis com o de Narciso. Este último, o

Jelônio se mudou, Jelônio é outro.
Então os militares, que o rodeiam,
Amado Doroteu, risonhos mofam;
Um pisa com o pé nos pés vizinhos:
Puxa outro pelas pontas das fardetas
Aos Amigos chegados: este acena
C'os olhos, e cabeça aos companheiros,
Que lhes ficam defronte: aquele tapa,
Fingindo que tem tosse, a alegre boca:
Qual foge da presença... mas que vejo!
Tu, Doroteu, carregas sobre os olhos
As grossas sobrancelhas? Tu enrugas
A testa levantada? Tu inflamas
As faces já desfeitas, e suspiras?
Acaso tu presumes, que eu murmuro
Do fato de casar o nosso Chefe
A sua terna amásia? Não, Amigo,
Eu conheço também aonde chegam
Os deveres de quem nasceu fidalgo.
Obrou o nosso Chefe o que eu faria.
Murmuro, Doroteu, mas é do dote:
Do dote, sim do dote. Dize: a banda,
O castão de coquilho,[24] as mais insígnias,
São dotes, que se deem a um soldado,
Porque serviu ao Chefe, em receber-lhe
Sem vergonha do mundo a sua amiga?
Não achas insolência, e desaforo

---

mais belo dos jovens da Hélade, era filho do deus-rio Cesifo e da ninfa Liríope — que foi advertida pelo adivinho Tirésias de que o menino poderia "viver muito, se não se visse". Ao chegar à juventude, porém, a deusa Nêmesis condenou-o a um amor impossível. Assim, após uma caçada, ao se debruçar sobre uma fonte para matar a sede, viu seu reflexo na água. Apaixonando-se pela própria imagem, e sem conseguir tirar os olhos dela, acabou morrendo ali.

[24] *Castão de coquilho*: cabo da bengala ornado com coquilho, pequeno coco produzido por planta do mesmo nome.

Ver os Porta-bandeiras, os Cadetes,
E os Furriéis já velhos preteridos,
Só para premiar-se com o posto,
Que por Lei lhes pertence, um torpe crime?
São estes, Doroteu, os grandes Cabos,
De quem a triste Pátria fiar deve
A sua salvação? São estes? Dize:
Agora já te calas: pois não tornes
A mostrar-me outra vez o gesto irado;
Que um dia hei de enfadar-me, e se me enfadas,
Ainda que me peças de joelhos,
Não hás de receber da minha pena
Em verso, ou prosa mais uma só carta.

CARTA 12ª

Aquele, que se jacta de fidalgo,
Não cessa de contar progenitores
Da raça dos Suevos, mais dos Godos.
O valente soldado gasta o dia,
Em falar das batalhas, e nos mostra
Das feridas, que preza, cheio o corpo.
O louco namorado não descansa,
Enquanto tem quem ouça as aventuras,
Que fez com as madamas, mais Senhoras;
Benzendo-se mil vezes, quando chega
Aos lances apertados de ser visto
Dos maridos, dos Pais, e dos parentes,
Em que só por milagre não foi morto.
Assim, assim também o teu Critilo,
Não cansa da escrever-te, enquanto encontra
Do tolo Fanfarrão, o indigno Chefe,
Estranhas bandalhices, que te conte.
Ah! sofre, Amigo, que te gaste o tempo,
Pois conter-se não pode, bem que queira,
Que a força da paixão assopra a chama,
A chama ativa do picante gênio.

*

Já sabes, Doroteu, aonde chega
Do nosso Fanfarrão a bizarria,
Em premiar serviços de uma Dama.
Agora nesta carta vou mostrar-te,
Até aonde chegam as grandezas,

Que fez com os marotos, por que tenhas
Do seu fidalgo gênio noção clara.

*

Qual negra tempestade, que carrega
As nuvens de Cupins, e de Formigas,
Que criam com as chuvas longas asas:
Assim o nosso Chefe traz consigo
Arribação infame de bandalhos,
Que geram também asas com a muita
Nociva audácia, que lhes dá seu amo.
Na corja dos marotos aparece
Um magriço mulato, a quem o Chefe
Por ocultas razões estima, e preza.
Talvez que noutro tempo lhe levasse
Os miúdos papéis às suas damas.
Ocupação distinta, que já teve
Um famoso Mercúrio,[1] que comia
Sentado à mesa dos mais altos Deuses.
Deseja o nosso Chefe, que este lucre
Quatrocentas oitavas pelo menos:
E para que não saiam do seu bolso,
Descobre esta feliz, e nova ideia.
Dispõe dos bens alheios como próprios;
No público Teatro de Lupésio
Ordena, Doroteu, se represente
Uma vista comédia, por que fiquem
Para o velho mulato os lucros dela.
Ordena ainda mais, que o seu Robério
Os boletos[2] reparta pelas Damas,

[1] *Mercúrio* (mitologia romana): associado ao Hermes dos gregos, Mercúrio protegia especialmente os viajantes e comerciantes. Era mensageiro de Júpiter e lhe servia como alcoviteiro em suas aventuras amorosas.

[2] *Boletos*: bilhetes de entrada em teatro.

Pelos contratadores opulentos,
E por quantos casquilhos os quiserem
Pagar ao menos por dobrado preço.
Robério assim o faz: supõe coitado,
Que prometeu pedir alguma Missa:
E junto c'o mulato vai entrando
Em uma, e outra casa, aonde deixa
Ou selado papel para a Plateia,
Ou com tábua pendente a velha chave.
Ah! nota, Doroteu, que ação tão feia!
Aquele bruto Chefe, que não paga
Às pessoas mais nobres o cortejo,
Sequer por um Criado, agora manda,
Que o seu próprio Robério, o seu bom aio,
Ande de porta em porta qual mendigo,
Pedindo para um bode[3] a benta esmola:
Então, Amigo, a quem? A quem? aos mesmos,
Que tem desfeiteado muitas vezes;
E às pobres, que é mais, às pobres moças,
Que hão de ganhar à custa de seu corpo
Com que possam pagar deste convite
Um tão avantajado, indigno preço.
Maldita sejas tu, pouca vergonha,
Que tanto influxo tens sobre este Leso!

*

Chegou-se, Doroteu, a noite alegre,
Destinada à função, e o vil Robério
Dá nova prova de fervor, e zelo.
Vai-se pôr com o traste do mulato
Na porta da plateia, e quando acaba
A primeira jornada, também corre

[3] *Bode*: pessoa suja e malcheirosa; homem muito feio e repugnante.

Os cheios camorotes; fina ideia!
Para ver, se os tolinhos assim largam
Na copa do chapéu, que a esmola apanha,
Embrulhos de mais peso. Ah! doce Amigo,
Quem bandalho nasceu, inda que suba
Ao posto de Major: morreu bandalho,
Que o tronco, se dá fruto azedo, ou doce,
Procede da semente, e qualidade
Da negra terra, em que foi gerado.

*

Servia-se este Chefe de um Lacaio,
E por não lhe pagar salário certo,
Deu neste ardil também: quando ia às festas,
Lhe dava o seu brandão,[4] e as mais pessoas,
Que estavam na tribuna por obséquio
Lhe davam as compridas, grossas velas.
Se dava algum despacho, de que vinha
Proveito à parte rica, lho entregava;
Por que fosse ganhar o grande prêmio,
Com que os néscios servidos o brindavam.
Nas vésperas, Amigo, da partida
Tratou de lhe fazer maior a safra.
Passou atestações a todo o mundo,
E sem saber, se o mundo lhas queria,
Mandou ao mesmo servo as entregasse,
E os prêmios do trabalho recolhesse.
Maldita sejas tu, pouca vergonha,
Que tanto influxo tens sobre este Leso!

*

[4] *Brandão*: vela grossa de cera; tocha.

Havia, Doroteu... mas não gastemos
O tempo em referir mais bandalhices
Da mesma natureza; refiramos
Outras que sejam de diversa classe.
Não quero, Doroteu, que o justo tédio,
Que infunde a similhança, te duplique
O tédio, que produz a minha frase.

*

Fizeram os devotos de uma Imagem
Da festa protetor ao grande Chefe.
Aceita o Fanfarrão do Cargo a honra,
E medita fazer um grão festejo.
Ordena os Cavaleiros, que vieram
Correr as argolinhas[5] em obséquio
Do ditoso Consórcio dos Infantes,
Que esperem nesta terra à sua custa,
E que nos dias da função repitam
Os feitos jogos com o mesmo lustre.
Manda, que o grande curro, que o Senado
Fez levantar na praia, permaneça,
E venham os boizinhos, que por serem
Mais bravos do que os outros, se guardaram,
Mal rapavam no chão, e mal corriam
Atrás do mau capinha no terreiro.
Eis aqui, eis aqui, Amigo, o como
Se fazem grandes cousas sem despesa.
Manda mais o bom Chefe, que se aluguem
Os palanques a quatro oitavas d'ouro,
Para que se comprasse um patrimônio

[5] *Argolinhas*: jogo que consistia em os cavaleiros arrebatarem a galope, com uma lança ou espada de madeira, um anel atado à ponta de uma corda e pendurado a uns três metros de altura, que era ofertado às autoridades ou às moças e senhoras em troca de prêmios.

À Sacrossanta Imagem deste lucro.
Que sábias intenções, que fins tão santos!
Celebram-se os festins, e não escapa
Um camarote só que não se alugue:
Mas deste rendimento não se sabe,
Que a compra se meteu de todo a bulha.

*

Não penses, Doroteu, que o nosso Chefe
Comeu este dinheiro. Longe, longe
De nós este tão baixo pensamento.
Indo já no caminho o seu Matúsio
Passou sobre Marquésio certa Letra,
Para que se pagasse ao Santo Cristo.
Agora considera, se este fato
Não mostra, que ele zela a consciência.
Agora inquirirás, se o tal Marquésio
Pôs na sacada Letra o seu aceito?
Não pôs, não pôs, Amigo, porque disse,
Que deste passador[6] não tinha efeitos;
Porém o bom Matúsio, mais seu amo
Levam as consciências descansadas;
Pois não devem supor pelo costume,
Que a Letra não pagasse o mau Rendeiro.
Maldita sejas tu, pouca vergonha,
Que tanto influxo tens sobre este Leso!

*

Roubou um seu criado a certa escrava,
E dentro lha meteu do seu Palácio.
Conheceu o Senhor, quem fez o furto,

[6] *Passador*: emitente.

E foi pedir ao Chefe, que mandasse,
Que o terno roubador restituísse
A serva com os lucros, pois cedia
De toda a mais ação, que a Lei lhe dava.
Que entendes, Doroteu, que obrou o Chefe?
Que fez um sério exame sobre o caso?
Que conhecendo ser a queixa justa,
Meteu em duros ferros ao Criado?
Que não lhe perdoou, enquanto o mesmo
Ofendido queixoso não lhe veio
Suplicar o perdão da culpa grave?
Devias esperar, que assim fizesse.
Mas quando a razão pede certa coisa,
Ele então executa o seu contrário.
Não zela, Doroteu, a sã justiça,
Nem zela a honra própria maculada
Na sua habitação, que o servo muda
Em torpe Lupanário: não, não zela:
Antes, prezado Amigo, austero estranha
Ao mísero queixoso, que se atreva
A supor, que os seus servos são capazes
De poderem obrar excessos destes.
Maldita sejas tu, pouca vergonha,
Que tanto influxo tens sobre este Leso!

*

Passados alguns tempos Ludovino
Encontrou uma noite a sua escrava,
E à casa a conduziu do bom Saônio,
Aonde em hospedagem se abrigava.
Aqui lhe perguntou a longa história
Da fugida que fez; e a triste serva,
Com ânimo sincero assim lhe fala:
"Ribério me induziu a que fugisse:
Meteu-me no seu quarto, aonde estive

Fechada muitos dias. Alugou-me
Depois uma casinha: aqui me dava
Dos sobejos da mesa de seu amo,
Para eu alimentar a pobre vida.
Tive dele dois filhos: o Demônio
Enganou-me, Senhor, cuidei...". E nisto
Queria mais dizer; porém de pejo
As lágrimas lhe estalam, e se cortam
As últimas palavras com suspiros.
Agora dirás tu, Amigo honrado:
"Agora, agora sim, agora é tempo,
Insolente Ribério, de nós vermos
Para exemplo dos mais o teu castigo.
Os soldados já marcham: já te prendem,
Já vens maneatado; já te metem
Na sórdida enxovia; já te encaixam
No pescoço a corrente, e vais marchando,
Com rosto baixo a ver Angola, ou Índia".
Devagar, devagar com essas cousas.
Os servos de Palácio são os Duques
Do nosso Sant'Iago, e não se prendem
Por essas, nem por outras ninharias.
Atrevidos soldados já se aprontam,
Mas não para prenderem a Ribério,
Sim para conduzirem entre as armas
Ao pobre Ludovino, e a sua serva,
Que já buscando vão a sua casa,
Que dista desta terra muitas léguas.
É o mesmo Ribério, quem caminha
A fazer, Doroteu, a diligência,
Cobrindo a testa da insolente esquadra.
Já viste, Doroteu, insultos destes?
Já viste, que pertenda um homem sério,
Que à força um bom senhor de si demita
A escrava desonesta, por que possa
Ficar na mancebia? Já, já viste,

Que se mande prender ao ultrajado
Pelo mesmo ladrão? Ah! caro Amigo,
Que destas insolências, que te conto,
Apenas pode ver quem mora em Chile!
Maldita sejas tu, pouca vergonha,
Que tanto influxo tens sobre este Leso!

*

Há nesta grande terra um homem sábio,
E o único formado em Medicina.
A este bom Doutor estimam todos
Por sua profissão, por seus talentos,
Por seu afável modo, e mais que tudo,
Pelas muitas virtudes, que respira.
Curava o nosso sábio a certo enfermo,
E vendo a vária febre, e os mais sintomas
Ordena, que ele tome um copo d'água,
A que dá de Inglaterra o povo o nome.[7]
Manda-lhe o Boticário uma botelha,
Que já servido tinha. O sábio atento
A que ela poderia ter perdido
A força natural, a não aprova,
E passa a receitar outro composto,
Que possa produzir o mesmo efeito.
Chorando o Boticário sobe ao Chefe,
E diz-lhe que o Doutor a rejeitara,
Por ser seu inimigo, e desta sorte
Tirar-lhe da botica o bom conceito:
Manda o Chefe chamar aos Boticários;
E manda, que examinem a garrafa.
Concordam os Doutores, que não tinha

[7] Referência à "água de inglaterra", medicamento usado na época para combater febres intermitentes e que consistia no cozimento de casca de quina.

Ainda corrupção; talvez por verem
Que ainda conservava algum amargo.
Então, então o Chefe enfurecido
Ordena ao Ajudante, que ali mesmo
Avise o Professor, que ele tem ferros,
Cadeias, e galés, com que reprima,
Se neles prosseguir, os seus excessos.
Maldita sejas tu, pouca vergonha,
Que tanto influxo tens sobre este Leso!

*

Pensavas, Doroteu, que o nosso Chefe
Passasse à insolência, que refiro,
De insultar por amor de um vil mulato
Um velho professor tão bem aceito,
Um velho professor, além de sábio,
Na terra singular no seu ofício?
Não, meu prezado Amigo, não pensavas.
Pois quero, Doroteu, dizer-te a causa:
Esta grave ameaça, e grave insulto
Foi feita em tom de paga, porque o bode
Curava cuidadoso ao próprio Chefe
De mal oculto, que a modéstia cala.
Maldita sejas tu, pouca vergonha,
Que tanto influxo tens sobre este Leso!

*

Ah! dize, Doroteu, por que motivo
O Pai de Fanfarrão o não pôs antes
Na loja de um hábil Sapateiro
C'os moços aprendizes deste ofício?
Agora dirás tu: "Nasceu Fidalgo,
E as grandes personagens não se ocupam
Em baixos exercícios". Nada dizes.

Tonante, Doroteu, é Pai dos deuses;
Nasceu-lhe o seu Vulcano,[8] e nasceu feio.
Mal o bom Pai o viu, pregou-lhe um couce,
Que o pôs do Olimpo[9] fora; e o pobre moço
Foi abrir uma tenda de Ferreiro.

[8] *Vulcano* (mitologia greco-romana): associado ao Hefesto dos gregos, deus do fogo, filho de Zeus e Hera. Sua mãe entregou-o a Cedalíon para que aprendesse com este a trabalhar os metais. Numa briga entre seus pais, na qual Hefesto apoiou Hera, Zeus segurou o filho por um dos pés e o lançou do alto do Olimpo. Com a queda, tornou-se irremediavelmente coxo.

[9] *Olimpo* (mitologia grega): montanha da Tessália sobre a qual habitavam Zeus com os outros deuses.

....

....

Ainda, caro Amigo, ainda existem
Os vestígios dos templos suntuosos,
Que a mão religiosa do bom Numa[1]
Ergueu a Marte, e levantou a Jano.[2]
Ainda, ainda lemos, que elegera
Para estas Divindades Sacerdotes,
E que muitas Donzelas consagrara
A fim de conservar-se aceso o fogo
Em o templo de Vesta,[3] sobre as Aras.
Também, também sabemos, que este sábio,
Para ter mais conceito entre o seu povo,
Fingiu, que a Ninfa Egéria,[4] sendo noite,
Vinha falar com ele, e que benigna
A forma do Governo lhe inspirava.
O mesmo Sertório,[5] que dizia,

[1] *Numa* (mitologia romana): segundo rei lendário de Roma.

[2] *Jano* (mitologia romana): para os primeiros latinos, foi o deus do céu luminoso, da origem e princípio de toda a existência. Seu santuário no Fórum de Roma conservou-se importante até o século IV da era cristã.

[3] *Vesta* (mitologia romana): filha de Rea e Saturno, segundo certas lendas. Adorada pelos romanos como deusa do fogo (religioso e doméstico) e protetora da virgindade. No seu templo em Roma, o fogo sagrado era mantido continuamente aceso por virgens chamadas "vestais".

[4] *Egéria* (mitologia greco-romana): ninfa de rara beleza que Diana transformou em fonte. Adorada pelos romanos como divindade protetora dos partos. O rei Numa dizia-se inspirado por ela.

[5] *Sertório*: estadista e general romano, morto em 72 a.C., que se notabilizou por seus feitos na península Ibérica. Presenteado por tribos locais com uma

Que nada executava, que não fosse
Ensinado por uma branca cerva,
Que a Deusa caçadora[6] lhe mandara.
Mafoma,[7] o vil Mafoma, astuto segue
Também este sistema. Ao seu ouvido
Acostuma a chegar-se a mansa pomba.
A Nação ignorante se convence
De que este seu Profeta conhecia
Os segredos do Céu por este meio.
Não há, meu Doroteu, não há um Chefe,
Bem que perverso seja, que não finja
Pela Religião um justo zelo,
E quando não o faça por virtude,
Sempre ao menos o mostra por sistema.
....
....

corça branca, alimentou sua popularidade fazendo crer que o animal lhe comunicava os conselhos da deusa Diana.

[6] *Deusa caçadora* (mitologia romana): referência a Diana, deusa dos bosques, florestas, correntes de água e lagos. Também caçadora infatigável.

[7] *Mafoma*: Maomé (*c.* 570-632), fundador do islamismo.

Joaci Pereira Furtado, o organizador da presente edição, nasceu em Campos Gerais (MG) em 1965. Graduou-se em história pela Universidade Federal de Ouro Preto em 1988; é mestre e doutor em história pela Universidade de São Paulo. Seu livro *Uma república de leitores: história e memória na recepção das* Cartas chilenas *(1845-1989)*, publicado pela Hucitec, recebeu o prêmio Jabuti em 1998 e o Moinho Santista Juventude em 1996.

1ª edição Companhia das Letras [1995]
2ª edição Companhia das Letras [1996] 2 reimpressões
1ª edição Companhia de Bolso [2006] 6 reimpressões

Esta obra foi composta pela Verba Editorial em Janson Text
e impressa pela Gráfica Bartira em ofsete
sobre papel Pólen Soft da Suzano S.A.